シュガーアップル・フェアリーテイル

銀砂糖師と白の貴公子

三川みり

16584

角川ビーンズ文庫

CONTENTS

シュガーアップル・フェアリーテイル
銀砂糖師と白の貴公子

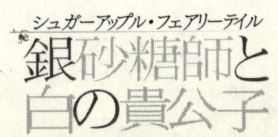

この気持ちを、
戦士妖精
シャル
銀砂糖師
の卵
アン
銀砂糖師
キャット
シュガーアップル・フェアリーテイル
銀砂糖師と白の貴公子
sugar apple fairy tale

砂糖菓子店の
息子
ジョナス
妖精
キャシー
妖精
ミスリル
砂糖菓子にできればいいのに。
銀砂糖子爵
ヒュー
Key Word
銀砂糖師《ぎんざとうし》と銀砂糖子爵《ぎんざとうししゃく》
王家が認める、聖なる砂糖菓子を作る特別職を、銀砂糖師という。すべての砂糖菓子職人の長は、銀砂糖師から選ばれ、銀砂糖子爵という称号を得る。

本文イラスト／あき

もし、砂糖菓子職人に聖地があるとするならば、それはシルバーウェストル城かもしれない。その城は砂糖菓子職人の頂点である、銀砂糖子爵《ししゃく》に与《あた》えられる城だ。白い城壁《じょうへき》と尖塔《せんとう》を持つ、湖水と森を見おろす優美な建造物。

銀砂糖子爵の権威《けんい》と権利を、ハイランド王国国王が認めた証《あかし》だった。

砂糖菓子職人になり、銀砂糖子爵になること。それは庶民《しょみん》が描《えが》きうるなかでも、最高の夢の一つだ。

現在の銀砂糖子爵ヒュー・マーキュリーは、庶民が最も憧《あこが》れる成功者だろう。

彼は幼い頃《ころ》に両親を亡《な》くした。同じような身の上の孤児《こじ》たちと群れ、路上で寝起《ねお》きし、盗《ぬす》みを繰《く》り返す子供時代を送ったと噂《うわさ》されている。その彼がひょんなことから砂糖菓子職人の見習いになり、砂糖菓子職人となり、銀砂糖師となった。

さらにマーキュリー工房《こうぼう》派の創始者一族の養子となり、マーキュリー姓《せい》を手に入れた。

そしてついには、銀砂糖子爵にまでなった。

「このままでは、二十年前の二の舞《まい》だ。それを防ぐための、提案だ」

銀砂糖子爵ヒュー・マーキュリーはそう告げると、ゆっくりと立ちあがった。

おさまりの悪そうな茶の髪《かみ》をぞんざいになでつけ、簡素な上衣《うわぎ》を身につけていた。彼は貴族だが、生まれながらの身分ではない。そのために、貴族特有の優雅《ゆうが》さにかける。

しかし眼差《まなざ》しには、野性的な鋭《するど》さと、強さがあった。その場の空気を、ぴたりと安定させるほどの威圧感《いあつかん》がある。

そこはシルバーウェストル城の、天守の一室だった。

内輪の会食を催《もよお》すための、こぢんまりした部屋だ。中央のテーブルについているのは、砂糖菓子職人の三つの派閥《はばつ》の長《おさ》とその代理たち。

マーキュリー工房派の長代理、ジョン・キレーン。

ペイジ工房派の長代理、エリオット・コリンズ。

ラドクリフ工房派の長、マーカス・ラドクリフ。

彼ら三人を順繰《じゅんぐ》りに見ながら、ヒューはにやりとした。

「ま、一応、派閥の面目《めんぼく》のために相談をしたまでだ。いやとは言わせないつもりだがな」

するとジョン・キレーンの、神経質そうな細面《ほそおもて》の顔が、いかにも呆《あき》れたといった表情になる。左目につけた片眼鏡《かためがね》の位置をなおしながら、ヒューに顔を向ける。

「賛成ですよ。僕はね。でも子爵、事前に相談くらいして欲しかったですね。僕は仮にも、あなたの代理なんですから」

ヒューはマーキュリー工房派の長でもある。しかし銀砂糖子爵との仕事を兼任《けんにん》することが困難なために、代理としてジョン・キレーンがいるのだ。

「相談してもしなくても、おまえが俺に逆らえるはずないだろう。おまえは、賛成だ」

決めつけられ、ジョンは肩《かた》をすくめた。

「あ、うちも。異存ないです。やらないと、うちの派閥も困りそうだしなぁ」

へらっと笑って軽く手をあげたのは、エリオット・コリンズだった。

ペイジ工房派の長グレン・ペイジが長年病で臥《ふ》せっているため、次期長と目されている彼が、代理を務めていた。四方に跳《は》ねている短い赤毛。垂れ目が、常に笑っているような印象を与える、陽気そうな若者だった。

「わたしにも異存はない。だが、銀砂糖子爵」

最後に口を開いたのは、マーカス・ラドクリフ。

ヒューも、ジョンもエリオットも、多少の差はあれ二十代から三十代前半だった。だがマーカスは五十代。そのせいか彼の存在が、この場の重しのように感じられる。

「それを誰《だれ》が取り仕切る？　まさか銀砂糖子爵一人で、できるものでもあるまい」

「むろんだな。どこかの派閥に、一任することになる」

「では、うちで引き受ける」

マーカスが、即座《そくざ》に答えた。

ジョンは嫌《いや》な顔をした。だがエリオットは、賞賛するようにぱちぱち手を叩《たた》いた。

「ご立派！　ラドクリフ殿《どの》。あ、ちなみに、うちはきっぱり、できません。王国全土に手が回るほど、規模が大きくないですしね」

「君、ほんとやる気がないな」

ジョンに睨《にら》まれたが、エリオットは陽気な笑顔《えがお》をくずさない。

「だって、事実だもんね。喧嘩《けんか》はお二人でどーぞ」

ジョンはマーカスに向きなおった。

「うちでも引き受けたいと思うんですがね、ラドクリフ殿」

「銀砂糖子爵の威光《いこう》で、重大な仕事を独占《どくせん》する魂胆《こんたん》か」

「銀砂糖子爵は関係ない。子爵は全《すべ》ての派閥に公平が基本です。僕はいち派閥として、これは砂糖菓子職人をまとめる重要な仕事だと考えるから、名乗りをあげているまでですよ」

睨みあうジョンとマーカスに、ヒューは苦笑《くしょう》した。

「それじゃあ、ここは公平に。くじ引きといこうか？」

晩夏の、空いっぱいに広がる薄《うす》いピンクの夕焼けも、闇《やみ》に追い散らされた頃。各派閥《はばつ》の長と代理たちは、シルバーウェストル城を後にした。

私室に戻《もど》ったヒューは、バルコニーへ続く掃《は》き出し窓《まど》を開け、長椅子《ながいす》に寝《ね》そべって目をとじていた。掃き出し窓にかけられたレースのカーテンが、揺《ゆ》れてブーツの先に触《ふ》れている。

「子爵。夜風は冷たい、風邪《かぜ》をひきます。お茶をおもちしました」

そう言って窓を閉めたのは、サリムだった。その声に、ヒューは目を開けた。

「おまえがお茶を？　ルーシーは？」

「子爵はご機嫌《きげん》が悪い。行きたくないから、かわりに持って行けと言われました」

「ああ。あいつの能力は、気分を読むことだったか」

ヒューの身の回りの世話をしている労働妖精《ようせい》は、姑《しゅうとめ》のごとく口うるさいうえに、小柄《こがら》なのに妙《みょう》な迫力《はくりょく》がある女性だった。サリムなど、たびたび彼女にこき使われているらしい。

ヒューは体を起こした。テーブルに茶器を一式置き、器用に茶を注ぐサリムの手もとを見つめる。湯気が立ちのぼる。

「不機嫌《ふきげん》の原因は、ラドクリフ工房派ですか？」

サリムが、ふいに訊《き》いた。

「あの仕事を、ラドクリフ工房派が請け負《う》うことになったのが原因でしょう？」

「それが俺の不機嫌の原因だと、なぜ思う？　くじ引きを提案したのは俺だ。当然、ラドクリフ工房派が当たりくじを引く可能性も考えていた」

「けれど、マーキュリー工房派にやらせたかったのでしょう？　彼女のことを考えると。だが、そうはできなかった。銀砂糖子爵は全ての派閥に公平であることが求められる」

カップを差し出され、ヒューはそれを受け取りながら眉《まゆ》をひそめた。

「彼女？」

「アン」

カップに口をつけたまま、ヒューの動きが止まった。

「ラドクリフ工房派が今回の仕事を一任されるとなると、あそこの派閥となにかと因縁《いんねん》がある彼女は、苦労する。へたをすると、彼女に情報が伝わらないこともある」

「まあ、そうだろうな。けれどしかたないさ。アンはアンの意志で、苦労を選んでる」

言うとヒューは一口茶を飲んだ。サリムはヒューを見つめ、淡々《たんたん》と訊いた。

「どうして、シャルに羽を返したんですか。アンの知らないところで、あの羽を引き裂《さ》いてシャルを消すこともできた。そうすればアンは、あなたに頼《たよ》らざるを得なくなる。そうなるほうが、アンにとっても良い道だったかもしれない」

ヒューはカップをテーブルに戻すと、ふっと笑った。

「それも考えた。だがそれで、アンの中のなにかが壊《こわ》れそうな気もした。それが怖《こわ》かった」

すると、常に無表情なサリムには珍《めずら》しく、驚《おどろ》いたような顔をした。

「おいおい。なんだ？　その顔。そんな仰天《ぎょうてん》するようなことを言ったか？　俺は」

サリムは、わずかに笑った。

「ええ。あなたが怖いという言葉を使ったのを、はじめて聞いた」

一章　砂糖林檎凶作

「なぁ、なぁ、なぁ。シャル・フェン・シャル。おまえって、女の子は髪《かみ》はきちんと結んでるほうが好きか？　それとも結んでないほうが好みか？」

湖水の水滴《すいてき》から生まれた妖精、ミスリル・リッド・ポッド。彼は青い瞳《ひとみ》でじっと相手を見あげ、真顔で訊いた。

質問されたシャル・フェン・シャルは、うんざりしたように横目でミスリルを見る。しかしすぐに、視線をそらしてしまう。

塗《ぬ》りのはげかけた、古びた箱形馬車。その御者台《ぎょしゃだい》の上で馬を操《あやつ》りながら、アンは冷や冷やしていた。せまい御者台の上で繰《く》り広げられるミスリルの質問攻《しつもんぜ》めに、いつシャルが怒《おこ》りだすだろうか。

ミスリルは、アンとシャルの間に陣取《じんど》っていた。

そして手には、アンからもらった羽ペンを持っている。人間用の羽ペンは、ミスリルには大きすぎる。彼はそれを肩に担《かつ》ぐように構え、真剣《しんけん》そのものだ。

足もとには、これもアンからもらった紙を置いていた。紙には、みみずがのたくったような文字で、たくさんの箇条書き《かじょうが》きの項目《こうもく》が見える。ミスリルはその項目の余白に、シャルの答えを書き留めるつもりらしい。

一時間ほど前から始まったこの質問攻めに、シャルはひと言も答えていない。

「おい、シャル・フェン・シャル」

苛々《いらいら》したように、ミスリルが声を尖《とが》らせた。

「俺が今まで、いくつ質問したと思うよ。一つくらい答えろ！」

シャルは、視線をそらしたままだ。立てた片膝《かたひざ》の上で頬杖《ほおづえ》をつき、三ヶ月ぶりに訪《おとず》れた王都ルイストンの町並みを眺《なが》めている。

ミスリルは憤然《ふんぜん》と立ちあがった。肩《かた》に担いでいた羽ペンの先を、がつんと御者台に突《つ》き立てた。

「シャル・フェン・シャル！　なんでもいいから、なんとか言え！」

するとようやくシャルは、ひと言だけ返した。

「やかましい」

「なにぃ!?　おまえ、そりゃ、なんでもいいから、なんとか言えとは言ったけど、そういう意味じゃないだろう普通《ふつう》!?　真面目《まじめ》に答えろ！」

「そんな馬鹿《ばか》馬鹿しい質問に、真面目に答える義理はない」

「どこが馬鹿馬鹿しいってんだ!?」

「馬鹿馬鹿しくない質問があるなら、教えろ」

「全部がこの上なく大切な質問だ！　全部に答えろ！」

シャルの視線が、さらに冷たくなる。

「樽《たる》にたたきこむぞ」

「ね、ねぇ！　二人とも、三ヶ月ぶりのルイストンじゃない⁉　楽しみよね！　風見鶏亭《かざみどりてい》に寄ってみようか」

わざとらしく陽気な声で言って、アンは二人に笑顔《えがお》を向けた。

「近頃《ちかごろ》寒くなってきたから、温めたワインなんか美味《おい》しいよね！　ミスリル・リッド・ポッド！　あなたの好物だったよね」

ミスリルはアンをふり仰《あお》ぎ、ぱあっと笑顔になる。彼の背にある一枚きりの小さな羽も、ぴんと伸《の》びる。

「温めたワイン！　あれは、いいよな」

「でしょ、でしょ？　飲みに行こうよ」

「おう！」

温めたワインに、ミスリルはすっかり心を奪《うば》われたらしい。羽ペンと紙を自分の後ろに押しやると、にこにこしながら、前方に続く幅広《はばびろ》の街路に目を向ける。

王城を中心にして広がるルイストンは、人々が行き交《か》う活気あふれる街だ。

「もうすぐ、西の市場か。そっちの通りをはいったら、風見鶏亭はすぐそこだったよな。あの香《かお》り、思い出すなぁ。いい香りだよな、あれ」

角に粉屋がある路地を指さして、ミスリルは上機嫌《じょうきげん》になる。

温めて飲むワインは、ふんだんに香料《こうりょう》を入れた、冬の定番飲み物だ。飲む直前に砂糖とレモン果汁《かじゅう》を好みで入れ、甘みと酸味《さんみ》を加えて楽しむ。

妖精《ようせい》は、銀砂糖以外の味を感じない。

ミスリルも、ワインの味など感じないはずだが、どうやら香料の香りが好きらしい。

しかも酒だ。飲むと妖精も酔《よ》っぱらう。やかましいミスリルは、さらにやかましくなる。

すこし冷たい風が、頰《ほお》を撫《な》でた。秋の高い空を、アンはふと見あげた。

——今年こそ。祝祭にふさわしい砂糖菓子《がし》を作って、砂糖菓子品評会に出場したい。

ルイストンの秋の空気を吸うと、一年前の気持ちが鮮明《せんめい》に甦《よみがえ》った。

昨年の暮れ。アンはこの街にある宿屋、風見鶏亭に泊《と》まり、昇魂日《ブル・ソウル・デイ》の砂糖菓子をじっくりと作ることができた。昇魂日には穏《おだ》やかな気持ちで、エマの魂《たましい》を天国へ送った。

そしてそのまま風見鶏亭で年を越《こ》し、冬をやり過ごした。

暖かくなってからは、ルイストンを中心にした王国南東部を廻《めぐ》り、砂糖菓子を売った。

売れ行きは、まずまずといったところだった。前フィラックス公の望みの砂糖菓子を作った職人アン・ハルフォードの噂《うわさ》は、王国南東部に広まっていたからだ。

アンにしてみれば、申し分のない春と夏を過ごせた。

そして再び、秋がやってきた。

昨年、シャルとミスリルに出会った季節だ。

風が街路を吹《ふ》き抜《ぬ》けると、枯《か》れ葉が石敷《いしじ》きの通りの上を滑《すべ》っていく。そして方々の商店の門口に、小さな吹きだまりを作った。

——銀砂糖師になりたい。

それは自分の人生を築くためには、必要な一歩だ。

今は一ヶ月後に迫《せま》った砂糖菓子品評会に向けて、集中しなくてはならない。

まだどんな作品を作るかは、決めかねていた。けれどぼんやりと、シャルをモデルにしてなにかが出来ないかとは思っている。

だが、焦《あせ》ることはない。あと一ヶ月もある。砂糖林檎《りんご》を収穫《しゅうかく》して、その精製作業をしながら、構想を練り制作すればいい。幸いなことに前フィラックス公から拝領したお金があるので、この一ヶ月は商売を忘れ、砂糖菓子作りに専念できる。

「そうだ。アン。風見鶏亭に行くなら、荷台の中から、財布《さいふ》をとってきてやるよ」

ミスリルはいそいそと、荷台の屋根にのぼり、側面の小窓から荷台の中にもぐりこんだ。

それを見送ったシャルが、心底迷惑《めいわく》そうに言う。

「ミスリル・リッド・ポッドのあれは、なんのつもりだ？」

「さ、さあ。なんなのかなぁ～」

アンはシャルから視線をそらしながら答えた。

シャルが鋭《するど》い目を向けてくる。

「理由を知ってるのか？」

「えっと。知ってるような……知らないような……」

「理由を知っているなら、黙《だま》らせろ。迷惑この上ない」

「努力する……」

昨年末から、ミスリルは事あるごとに、シャルに妙《みょう》な質問を繰り返していた。

ミスリルは、しつこかった。

延々、九ヶ月。質問に答えないシャルを相手に、散発的に質問攻撃《こうげき》をかけている。

実は。ミスリルの質問攻めは、彼の壮大《そうだい》な恩返しの一環《いっかん》だった。

九ヶ月前。ミスリルはこっそり、しかし誇《ほこ》らしげにアンに告げたのだ。

『俺様が、アンの恋《こい》を実らせてやる！　相手がシャル・フェン・シャルだってことは気にくわないけど、……でも！　アンが喜ぶことをするのが、恩返しってもんだからな』

ミスリルは、彼女の恋の成就《じょうじゅ》を目標に、がぜんやる気を出してしまったらしい。

シャルへの質問攻めの理由は、まず彼の好みを訊《き》きだして、アンを彼好みの女に近づけるための調査なのだそうだ。

ミスリルの気持ちは嬉《うれ》しい。けれど、とんでもなく困る。

シャルがミスリルの質問の目的を感づいてしまったら、自分の気持ちが、シャルにばれてしまう。そうなったら、恥《は》ずかしくて死にそうだ。

これからアンは、品評会へ向けて砂糖林檎を収穫し、銀砂糖を精製する必要がある。そして作品を作らねばならない。

そんな時だからよけいに、ミスリルが企《たくら》む壮大な恩返しに頭を抱《かか》えていた。

確かに。シャルがどんな色のドレスが好きかとか、髪《かみ》は結んだほうが好みなのか、おろしたほうが好みなのかとか、訊いてみたいことは山ほどある。

しかしそれは、シャルの気を惹《ひ》きたいといった、大それた気持ちからではない。

アンは今、シャルが側にいてくれるだけで充分《じゅうぶん》だった。

ただ好きな相手には、少しでも好印象をもたれたい。そう思ってしまうのは、どうしようもない乙女心《おとめごころ》だ。

──好かれたいとか、恋人《こいびと》になりたいとかは思わないけど。シャルがおろした髪が好きだって言ったら、絶対、髪をおろしてみたくなるよね。きっと。

ついつい、そんなことを考える。

シャルは物憂《ものう》げな仕草で、軽く前髪《まえがみ》をかきあげる。髪が落ちかかり、睫《まつげ》に触《ふ》れる。

黒曜石から生まれた妖精は、生まれ出たものの性質と似て、艶《つや》やかだ。

御者台《ぎょしゃだい》の上にさらりと流れる彼の片羽は絹のような光沢《こうたく》で、触れてみたくなる。

ぼんやり、シャルのきれいな横顔を見つめながら、粉屋の角を曲がった。

その時だった。

路地を奥からやってきた馬車と、鉢合《はちあ》わせした。

「あっ！」

あわてて手綱《たづな》を引き、アンは馬を止めた。前方から来た馬車も、驚《おどろ》いたように急停車する。

あやういところで正面衝突《しょうとつ》をまぬがれて、アンはほっと息をついた。

と、突然《とつぜん》。

「どこ見て馬を歩かせてやがる！　このとんまっ!!」

正面の馬車の、御者に怒鳴《どな》られた。

「ごめんなさい！　ぼんやりしてて」

ぼけっとしていた自分が全面的に悪いので、咄嗟《とっさ》に頭をさげた。

しかし、続く罵声《ばせい》はなかった。それどころか、

「おまえら……もしかして……」

アンを怒鳴りつけた御者が、驚いたように呟《つぶや》いた。

その声に聞き覚えがあるような気がして、顔をあげた。そして、

「あっ！」

思わず、相手を指さしていた。

「どうした⁉　アン」

急停車に驚いたらしく、荷台の高窓から、ミスリルも顔を覗《のぞ》かせた。そして目の前の馬車とそれを操《あやつ》っていた人物を認めると、声をあげた。

「あ、あああ——⁉」

驚きに、アンとミスリルは二の句が継《つ》げない。

彼らにかわって、シャルが口を開いた。

「寒さに弱い猫《ねこ》が、どうして秋のルイストンをうろついてる？　冬眠《とうみん》の準備か？」

鉢合わせした馬車の御者台には、驚いたような顔をして、一人の青年が座っていた。

青年は、ほっそりした体つきで、灰色っぽい髪をしていた。吊《つ》りぎみの目。深い青の瞳《ひとみ》が、こちらを見ている。冷たい印象の顔には、どこか貴族的な気品が漂《ただよ》っていた。銀灰色《ぎんかいしょく》の毛並みがつやつやしている、尻尾《しっぽ》が優雅《ゆうが》に長い猫を連想させる青年だった。

その青年の肩《かた》の上には、ミスリルと同じくらいの大きさで、少年の姿をした妖精が座っていた。薄緑色《うすみどり》のふわふわした巻き毛に、ほんのりと色づいた頰。少女のように愛らしく笑っている。

どちらも、見覚えのある顔だ。

「キャットさん⁉　それに、ベンジャミンも⁉」

ようやくアンは、青年と妖精《ようせい》の名を叫《さけ》んだ。

すると青年、キャットも正気づいたように、細い眉《まゆ》をつりあげる。

「『さん』づけするんじゃねぇって、教えてやったのを忘れたか!? この鶏頭《とりあたま》!!」

貴族的な容貌《ようぼう》の青年は、その外見とはかけ離《はな》れた、品の悪い罵声を浴びせてきた。

「あっ、す、すみません!」

「シャル、てめぇも、俺を猫呼ばわりするんじゃねぇ! しかも猫は冬眠しねぇぞ!」

目の前にいる青年の名は、アルフ・ヒングリー。

キャットというのは、渾名《あだな》だった。

彼は銀砂糖師だ。派閥《はばつ》に所属せず仕事をしているが、その腕前《うでまえ》は、銀砂糖子爵《ししやく》ヒュー・マーキュリーに匹敵《ひってき》するといわれる。

彼の肩の上に座っているのは、彼が使役《しえき》している労働妖精ベンジャミンだ。

昨年の砂糖菓子《がし》品評会の直後。アンは、ルイストンに店を構えていたキャットと偶然《ぐうぜん》知り合いになった。そして四日間ほど、彼の仕事を手伝ったのだ。

砂糖菓子職人として、彼は尊敬できる仕事ぶりを見せてくれた。そのうえ、報酬《ほうしゅう》がわりに防寒用のケープまでもらった。ケープは、冬を越《こ》すのに役立った。

とても感謝していたから、また会いたいとは思っていた。しかし会う機会がなかった。

キャットは昨年の冬に、南の町に引っ越したはずだったからだ。

「一年ぶりに再会して、これがてめぇらの挨拶《あいさつ》か!?」

怒鳴るキャットの肩の上で、ベンジャミンはふわふわ笑う。

「久しぶりぃ、アンにシャル。スルスルも元気そうだね〜」

ミスリルが拳《こぶし》を振《ふ》りあげる。

「ミ・ス・リ・ルだ！　ミスリル・リッド・ポッドだ！」

シャルはキャットの怒鳴り声を無視して、悠然《ゆうぜん》と言い放つ。

「猫は猫らしく、暖かい場所で丸まっていたらどうだ？」

「てめぇは相変わらず、ごちゃごちゃと……アン、なんとかしろ、そいつを」

恨《うら》めしそうに睨《にら》みあげられて、アンはシャルの服の袖《そで》を引っぱった。

「シャル。いくらキャットを怒《おこ》らせるのが面白《おもしろ》いからって」

「面白がってやがるのか、この野郎《やろう》は!?　上等だ！　シャル、馬車を降りろ！」

「すみません、キャット！　シャルは別に悪気はない……！……？　ことはない……かも……？」

「やっぱり悪気じゃねぇか！」

今にも御者台から飛び降りそうな勢いのキャットに、アンはさらに慌《あわ》てた。

「ごめんなさい、ごめんなさい!!　でも、キャット！　本当にどうしてルイストンにいるんですか!?　なにか用事でも!?」

キャットの気をそらすために必死でつむいだ言葉に、キャットは嚙《か》みつく。

「今の時期にルイストンに来るのは、あたりめぇだろうが！　てめぇ、ふざけてんのか⁉　今こなきゃ、来年の商売が出来ねぇだろうが」

「え？　どうしてですか？」

目をぱちくりさせたアンの反応に、キャットは眉根《まゆね》を寄せた。

「もしかして。しらねぇのか」

「なにをですか？」

なんのことを言われているのか、さっぱりわからない。

きょとんとしている彼女を見て、ベンジャミンが心配そうにキャットを見あげる。

キャットは溜息《ためいき》とともに、呟いた。

「まったく。どいつもこいつも。ケツの穴のちいせぇことしやがるぜ」

その様子に、よくないものを感じた。

「なんなんですか？　キャット。なにがあるんですか？」

「ここじゃ、なんだ。この奥に風見《かざみ》鶏亭《どりてい》っていう、いい酒場がある。ついてきな」

キャットは、手綱を握《にぎ》りなおした。

風見鶏亭は、ルイストンの西の端《はし》に住む庶民《しょみん》には馴染《なじ》みの店だ。アンの定宿だった。安価で清潔で美味《うま》い酒場としても、知られている。キャットもルイストンに住んでいた頃《ころ》は、よく酒を飲みに通っていたらしい。久しぶりに現れたアンと、かつての常連客だったキャットを、風見鶏亭の女将《おかみ》さんは歓迎《かんげい》してくれた。

席につくと、アンはミスリルの好物の、温めたワインを三つ頼《たの》んだ。

キャットは、きつい蒸留酒を頼んでいた。

ワインのカップが運ばれてくると、ミスリルはそれを抱《だ》き抱《かか》えるようにした。

「いい香《かお》りだなぁ～。なあなあ、アン。これを飲んだら、おかわりしていいか？」

ミスリルがあんまり嬉《うれ》しそうなので、アンは苦笑《くしょう》する。

「うん。いいよ、おかわりして」

するとカップのふちを指で撫《な》でていたシャルが、ぴしりと言った。

「飲ませなくていい。こいつに飲ませたら、また酔《よ》ってテーブルから落ちるぞ」

ミスリルがきっと、シャルを睨む。

「いやなことを思い出させるな！」

「忘れてたか？　よかったな。しっかり思い出せ」

「アン、こいつの言葉は一言一句聞くな！　そしてよけいなことを思い出すなよ！」

「いくらこいつがかかし頭でも、忘れてるわけない」

「いや、今、お前が言うまでは忘れてたはずだ！　アンのかかし頭を甘く見るな！」

妖精たちの会話に、アンはがっくりと肩を落とす。

「人の頭のことをみんなして鶏だかかしだって……まあ、慣れたけど……」

最後に、キャットの蒸留酒が運ばれてきた。

キャットは甘い香りの琥珀色《こはくいろ》の酒を、一口だけぐっと飲んだ。それからカップを、テーブルの上に座るベンジャミンに押しやった。ベンジャミンは嬉しそうに微笑《ほほえ》みながら、カップの上に両手をかざす。どうやら、彼も同じものを飲むらしい。

「あの、キャット？　なにかあるんですか？　わたしの知らないような、なにかが」

ようやく落ち着いたので、アンのほうから切り出した。

「去年の冬からこっち、どうしてた？」

すると逆に、キャットが質問した。

その質問の真意をはかりかねながらも、アンは答えた。

「方々、移動して砂糖菓子を売ってました。キャットと別れてから、ウェストルへ行って、フィラックスへ行って、ルイストン。今度はそこから東の、ストランド地方の小さな町や村とルイストンを行ったり来たり」

「そのあいだに、砂糖林檎《りんご》の木は見たか？　何か気づかなかったか？」

即座《そくざ》に、アンは頷《うなず》く。

「今年、どの場所の砂糖林檎の木も、花のつき具合が悪かったんです。今年の収穫量《しゅうかく》は、格段に減ると思います。だからわたしも、はやめに砂糖林檎を確保したくて。目をつけてた森へ行くつもりで、予定より早くルイストンへ来たんです」

キャットは、ベンジャミンから再びカップを受け取りながら言った。

「そのとおりだ。今年は、信じられねぇくらい、砂糖林檎の実りが悪い。ハイランド王国、全土でだ。例年どおり『お互《たが》いが勝手に収穫しましょう』なんてしちまったら、派閥間で抗争《こうそう》が起きるくらいにな。派閥に所属してねぇ砂糖菓子職人なんか、気が立った派閥の連中に叩《たた》き殺されても不思議はねぇ。実際、二十年前の砂糖林檎《りんご》凶作《きょうさく》の年には、そんな事件があったらしいな」

「今年は、そんなに凶作なんですか？　王国全土で？」

「そうだ。そこで混乱を避《さ》けるために、あのボケなす野郎が、取り決めをしたんだ」

「ボケなす？」

「ヒュー・マーキュリー！　銀砂糖子爵の、ボケなす野郎だ！」

鋭《するど》い猫目《ねこめ》で、きっと睨まれる。

「あ、そうか。そうでしたね」

アンはひきつりながら頷いた。

キャットは昔マーキュリー工房《こうぼう》派で、銀砂糖子爵《ししやく》であるヒュー・マーキュリーと、ともに修《しゅ》行《ぎょう》した仲らしい。キャットという渾名《あだな》をつけたのも、ヒューなのだそうだ。しかしキャットは渾名をつけられたことを怨《うら》んでいるらしく、ヒューのことを、ボケなす野郎と呼ぶのだ。

「それで、どんな取り決めがあったんですか？」

「今年の砂糖林檎の収穫と精製を、個人で行うことを禁止するってことだ」

その言葉に、カップのふちを撫でていたシャルの指が止まる。

アンはまだ、キャットの言葉の意味が呑《の》みこめないでいた。

「禁止って……。じゃあ砂糖菓子職人《がし》は、どうやって銀砂糖を確保するんですか？」

「今年。王国全土の砂糖林檎は全《すべ》て、銀砂糖子爵の名のもとに収穫され、精製される。その収穫や精製の作業に携《たずさ》わった砂糖菓子職人には、その労働にみあったぶんの銀砂糖を分配する。そういう命令が、銀砂糖子爵の名で、ハイランド王国にいる全砂糖菓子職人に向けて出された」

「なら銀砂糖を確保するには、銀砂糖子爵にお願いしなくちゃならないんですか？」

「そんな単純な話じゃねえ。決めたのは銀砂糖子爵だが、直接動くわけじゃねえからな。この仕事をいってに引き受けるのは、ラドクリフ工房派だ」

ラドクリフ工房派の名前を耳にして、シャルはわずかに眉根を寄せた。

キャットは、続けた。

「王国の各地にある、ラドクリフ工房派所属の工房に、その近隣《きんりん》の砂糖林檎を収穫して集め、銀砂糖に精製する。他《ほか》の派閥《はばつ》の職人や、派閥に所属していない職人が、それらの工房に集まり、精製作業を手伝う。それによって、銀砂糖のわけまえをもらう。ルイストンにある本工房は、規模が一番大きいし、周辺には砂糖林檎の林がたくさんあるからな。かなりの人数、職人が集まってきてるはずだ。そういう俺も、銀砂糖を確保するために、ラドクリフ工房派の本工房に行こうとしてたところだ」

初めて耳にする話だった。

アンの頭は、その内容を理解するだけでやっとだった。

「要するに。ラドクリフ工房派の、どこかの工房の銀砂糖精製作業に参加しないと、今年は銀砂糖が手に入らない……そういうことですか?」

「そうだ」

「でも、わたしは。そんな話、聞いたことなかった」

「あのボケなす野郎《やろう》の指示で、派閥に所属していない砂糖菓子職人には、近くに住む、ラドクリフ工房派の職人が知らせに行く手はずになってた。俺のところにも、連絡《れんらく》はあった。おまえみたいに、移動している奴《やつ》もいるからな。そういう奴らが町に立ち寄ったときには、必ず知らせるようにと命令が出ていたはずだ」

ないのはわかっていた。

「でも……」

困惑《こんわく》するアンの耳に、隣《となり》に座ったシャルの呟《つぶや》きが聞こえた。

「わざと、知らせなかったな？」

彼のほうをふり返ると、シャルはキャットをじっと見ていた。

「こいつは、町から町に移動していた。その間にラドクリフ工房派所属の砂糖菓子職人に、出て行けと言われたことも一度や二度じゃない。それなのに、こんな重大な情報が知らされていない。ということは、誰《だれ》もがわざと知らせなかった。それしか考えられないな？」

するとキャットは、苦いものを呑みこんだような顔になる。

「俺の耳にだって、前フィラックス公の砂糖菓子を作った、アン・ハルフォードの噂《うわさ》は届いてた。妬《ねた》まれても不思議はねぇ」

行く先々の町や村で、地元の砂糖菓子職人たちから歓迎されていないのはわかっていた。けれどそれは単純に、自分の縄張《なわば》りで、勝手に商売をされるのが面白《おもしろ》くないだけなのだと思っていた。だが実際は、それ以上の悪意があったということだ。

悪意の重さが、ずんと胸にこたえた。

ミスリルが唸《うな》るように言う。

「みみっちいことしやがる」

「ほんとうに、ひどいよねぇ～。僕も呆《あき》れちゃうもん」

ミスリルの憤慨《ふんがい》に同意するように、しかしまったく緊張感《きんちょうかん》なく、ベンジャミンも相づちをうつ。そしてその後に、にこっとアンに微笑みかけてくれた。

「でもね、アン。今からだって、充分《じゅうぶん》間に合うでしょう？　だってキャットも、今日から参加するつもりでルイストンに来たんだもん」

「うん。……そうだよね」

落ちこみかける気持ちをたてなおし、頭をさげた。

「ありがとうございます、キャット。教えてもらえて、助かりました」

「礼を言われるほどのことじゃねぇ」

「あの、キャット？　ということは、今年は集団で作った銀砂糖しか手に入らないんですよね？　それじゃ砂糖菓子品評会に参加したい者は、どうすればいいんですか？」

砂糖菓子品評会に参加するには、自分で作った作品を一つと、自分で精製した銀砂糖三樽《たる》を持参する必要がある。

作品を作る能力とともに、上質の銀砂糖を精製する能力も問われるからだ。

今年は誰もが、各地の工房で大量につくられた銀砂糖しか手に入れられない。

だとすれば、砂糖菓子品評会の参加希望者は、自前の銀砂糖を準備できない。

どうすればいいのだろうか。

今年も砂糖菓子品評会に参加しようとしているアンにとって、それは重大なことだった。

「そのことも伝わってねぇよな、当然」

キャットはくしゃくしゃ前髪《まえがみ》を掻《か》いた。

「砂糖菓子品評会に参加を希望する者は、ラドクリフ工房派の本工房に、一時的に寄宿する。そこで参加希望者には、四樽分の銀砂糖になるだけの、砂糖林檎が分配される。自分で自分の銀砂糖を精製するんだ。そして自分の精製した銀砂糖を使って、作品をつくる手はずになってる。でもそれは、共同の銀砂糖の精製作業を手伝いながらが、条件だ。自分の作業ができるのは、夜中だけ。時間がねぇ。だから品評会に参加希望の連中は、半月以上前から、ラドクリフ工房派の本工房に入ってるはずだ」

「それも、ラドクリフ工房派なのね」

自然と、眉間《みけん》に皺《しわ》が寄ってしまう。

砂糖菓子品評会に参加するためには、アンもラドクリフ工房派の本工房に寄宿し、そこで規定の砂糖林檎を手に入れなければならないということだ。

しかし。ラドクリフ工房派は、ジョナスが所属している派閥だ。そのうえラドクリフ工房派所属の若者たちには、嫌《いや》がらせもされた。

よろこんで寄宿したい場所ではない。正直言えば、行きたくない。

——でも、行かなきゃね。

いやな思いをするとか、楽しくないとか。そんな理由で逃《に》げ出せるものではない。

「わたし、ラドクリフ工房派の本工房に行かなきゃならないみたい。どうかな……二人とも、つきあってもらえる？　いやな思いとか、いっぱいしそうだけど」

「アンが行くなら、俺は地獄《じごく》の底にだってついて行くぞ！」

立ちあがり、ミスリルは即座《そくざ》に答えた。するとシャルもすました顔で、

「一緒《いっしょ》に行く。馬鹿《ばか》を放っておくと、ろくなことがない」

と、失礼な同意をしてくれた。

アンはほっとして、キャットに向きなおった。

「わたしも、ラドクリフ工房派の本工房に行きます」

「場所は知ってるのか？」

「ルイストンにあることだけは、知ってます。調べれば、すぐにわかると思います」

きつい酒を一気にあおって、キャットは立ちあがった。

「調べる必要はねぇ。俺もこれから行くんだ。案内してやる。ついてきな。けど、それだけだ。俺に甘えんじゃねぇぞ。おまえも職人なら、なにがあっても、てめぇひとりで切り抜《ぬ》けろ」

「はい」

アンは覚悟《かくご》をもって、頷《うなず》いた。

シャルは立ちあがると、キャットに向かって顎《あご》をしゃくった。

「それじゃあ、案内してもらおうか。キャットさん」

キャットは目をつりあげて、シャルの鼻先に指を突《つ》きつけた。

「てめぇも、このチンクリンと同様の鶏頭《とりあたま》か⁉　いや、てめぇのはわざとだろう⁉　とにかく渾名《あだな》にさんづけするな！『猫《キャット》さん』だぞ！　馬鹿にされてる気がして、気分が悪い！」

「そうか。悪かったな」

無表情ながらも、シャルはあっさり謝った。

シャルに突きつけていたキャットの指が、自然とさがる。

「お……？……あ、ああ、まあ。気にするな」

毒気を抜かれたようなキャットの顔を見て、シャルはにっと笑った。

「行くぞ。キャットさん」

「て、てめぇは——‼　正真正銘《しょうしんしょうめい》馬鹿にしてやがるな——⁉」

二章　ラドクリフ工房

アンの箱形馬車は、キャットの馬車の後ろについていった。

大通りを南に下ると、王城をぐるりと囲むようにつくられた幅広《はばびろ》の道とぶつかる。そこを曲がり、今度は西側に向けて馬車をすすめる。

しばらく行くと、市場周辺にひしめきあう商家と比べて、四、五倍も大きな建物が並んでいる場所に来た。

どの建物にも、どっしりした切り妻屋根が載《の》っている。

平屋の建物はほとんどない。低くても、二階建て。高いものであれば、屋根裏部屋の小窓まで含《ふく》め、四階建ての煉瓦《れんが》造りになっているものまである。

それらは毛織物の卸問屋《おろしどんや》や、外国からの輸入品を取り扱《あつか》う貿易商人の店だ。大量の品物を保管するための、倉庫兼店舗《けんてんぽ》なのだ。ここは、豪商《ごうしょう》たちが店を構える区画らしい。

その一角。通りに沿って突然《とつぜん》、茶褐色《ちゃかっしょく》の煉瓦塀《べい》が現れた。その煉瓦塀はずっと先まで続いている。

門の前には、はるか先を見通すと、塀の中にはいるための門があるらしい。二、三台の馬車がとまっている。

——なんの建物だろう？

興味がわいて、アンは煉瓦塀に視線を向けた。煉瓦塀の上からは、落葉樹の枝が等間隔《とうかんかく》にのぞいていた。そしてその枝の向こう側には、大小の切り妻屋根がいくつも見えた。何棟《とう》もの建物が、煉瓦塀の中に寄り集まっているらしい。

門が近づくと、キャットは馬車を止めた。

アンは停車したキャットの馬車に、御者台《ぎょしゃだい》を並べた。

「もうすぐ、ラドクリフ工房《こうぼう》派の本工房の門につく。あれがそうだ」

アンは改めて、自分の真横にある煉瓦塀を見あげた。

「じゃあ。このずっと続いている煉瓦塀の内側が、ラドクリフ工房派の本工房の敷地《しきち》？……すごい。本工房って……大きい」

砂糖菓子《がし》職人には、三つの派閥《はばつ》が存在する。

マーキュリー工房派。

ペイジ工房派。

そして、ラドクリフ工房派だ。

各派閥に所属する工房は、王国全土に散らばっている。それらは各派閥所属の職人たちが派閥の長《おさ》から許可を受け営む、のれん分けされた工房だった。

本工房とは、いわばその本家だ。派閥の長が営む、砂糖菓子工房なのだ。

数人の銀砂糖師と、数十人の砂糖菓子職人と見習いを住まわせ、砂糖林檎《りんご》の収穫《しゅうかく》と銀砂糖の精製、作品作りまでをこなす。

キャットが再び馬車をすすめたので、アンも続いた。

ラドクリフ工房派本工房の門には、鉄柵《てっさく》の、観音開きの門扉《もんぴ》がつけられていた。門は開いている。

門の正面は、二階建ての、大きくて傾斜《けいしゃ》がきつい赤い切り妻屋根の建物だった。

門の内側には、ラドクリフ工房派の職人らしき人間が三人いた。

彼らはやってくる職人たちの名前を訊《き》くと、門の脇に置かれた小さな机に案内し、書面にサインをさせてから中に通している。

門前で、キャットもアンも御者台を降りた。馬の轡《くつわ》を引きながら、先にキャットが門を潜《くぐ》る。

「おい。俺も作業に参加だ。通せ」

キャットは門を入るなり、近くにいた金髪《きんぱつ》の青年に声をかけた。

「あ、はい。ええっと、お名前は……」

ふり返った金髪の青年は、ぎょっとしたような顔になる。

「あ……アン？」

キャットの顔ではなく、その背後にいるアンを認めて呟《つぶや》いた。

アンはうんざりするほどよく知っているその金髪の青年を見て、軽く溜息《ためいき》をついた。

「ジョナス……いるのは当然なんだけど……」

一刻も早く再会したい相手でないことは、確かだ。

「おい、ジョナス！　なにぼさっとしてんだよ」

ジョナスの背後から、怒鳴《どな》り声がした。怒鳴ったのは、一番年長らしい、二十代半ばくらいの青年だった。大きな鼻が目立つ、鈍重《どんじゅう》な印象の青年だ。しかしくすんだ茶の瞳《ひとみ》だけは、抜け目なさそうな動きで、ちらちらとキャットとジョナスを見比べる。

「ジョナス、お待たせしちゃ失礼じゃないか！」

肩《かた》をどやしつけられて、ジョナスは、はっとしたように目の前のキャットに視線を戻《もど》した。

「あ、すみません。お名前を」

「いいよ、もう。俺がご案内する」

ジョナスを押しのけて、青年が前に出る。

「すみません、俺が受け付け責任者のサミー・ジョーンズです。アルフ・ヒングリーさんですよね。銀砂糖師の。俺、存じ上げてます！　こいつ世間知らずだから、失礼しちゃって。すぐに中にご案内しますから、書類にサインだけお願いします」

そう言って、机のほうへキャットを促《うなが》す。

机の向こう側には、落ち着いた雰囲気《ふんいき》の青年がいて、手際《てぎわ》よく書類を準備していた。明るい茶の髪《かみ》の毛と、紫《むらさき》に見える、深い青色の瞳が印象的だった。膝丈《ひざたけ》の上衣《うわぎ》も、柔らかそうなタイも、どれも品がいい。

その青年は、どこかで見たことのある顔だった。

「どうぞ。ヒングリーさん。お久しぶりですね。とりあえず、こちらにサインを」

微笑《ほほえ》んで羽ペンを差しだした青年に、キャットは驚《おどろ》いたように言った。

「おまえも来てたのか？　パウエル」

「来てたというよりは、僕は今、ラドクリフ工房派に所属しているんです」

「どうして？　てめぇの親父《おやじ》は、ペイジ工房派じゃねぇか」

「父は、父。僕は僕です。父のことを言われるのがいやだから、ここにいるんです」

キャットは、ふんと鼻を鳴らすと、羽ペンを受け取った。

サミーはキャットの側に立ち、にこやかに告げる。

「来てもらえて助かります、ヒングリーさん。俺が部屋までご案内しますから」

キャットは机にかがみこみ、サインしながら言った。

「俺のことは気にすんな。教えてもらえれば、自分の部屋くらい、自分で探して行ける。それより、後ろにもう一人いる。そっちに対応してやれ」

言われたサミーは、アンの方を見た。仮面が外れたように、彼の笑顔《えがお》が消える。

サミーは目をすがめるようにして、馬の轡を引いているアンに近寄ってきた。

ジョナスはどうするべきか迷うように、その場に立ちつくしたままだ。サミーに進路を譲《ゆず》るためにちょっと体をかわして、アンとサミーを見比べる。

サミーがつっけんどんに訊いた。

「なんだよ？　おまえ」

「わたしも、銀砂糖の精製作業に参加しに来ました。それに砂糖菓子品評会にも参加するつもりなんです」

「はあっ？　女が？」

せせら笑うような声と態度にむっとしたが、落ち着いて答えた。

「女ですけど、砂糖菓子職人です」

「女を見習いにする親方なんか、いるもんか。ろくに砂糖菓子も作れない自称《じしょう》・砂糖菓子職人って奴《やつ》、たまにいるんだよな。そんな奴を、工房に入れるわけにはいかないぞ」

「わたしは砂糖菓子職人です。ちゃんと、認めてくれた人もいます」

「だれだよ？　おまえの母ちゃんとかか？」

「前フィラックス公です」

机の向こうに立つ青年が、それを耳にして顔をあげた。そして、

「ヒングリーさん。ちょっと失礼」

小声で断ると、机を離《はな》れ、アンの方へゆっくりとやってくる。

サミーは眉《まゆ》をひそめた。先ほどとは比べものにならない悪意が、その目に光った。

「おまえが……アン・ハルフォードかよ」

サミーは、アンの背後に停車する箱形馬車の、御者台を見あげた。

「ま、おまえが何者でも、どうでもいいや。中には入れられないな」

「どうしてですか⁉」

「愛玩妖精《あいがんようせい》を連れてるじゃないか。工房《こうぼう》には、作業に関《かか》わる人間や労働妖精しか入れない規則なんだよ。そっちのチビは労働妖精かもしれないが、こっちのやたら綺麗《きれい》なのは、どうみても愛玩妖精だよな。工房で作業する気なら、まずその妖精を売ってこいよ」

「そんな……」

「規則だ」

アンは唇《くちびる》を噛《か》んで、眉根《まゆね》を寄せる。

ここは一度退いて、よく考えをまとめてから出直した方がいいのだろうか。追い払《はら》われるのはしゃくだが、咄嗟《とっさ》のことに、判断がつかない。

サインを終えたキャットは、机に腰《こし》をあずけて、じっと彼らのやりとりを眺《なが》めていた。

「さあ、帰れ帰れ！　顔を洗って出直してこいよ！」

サミーが楽しそうに、声をはりあげたときだった。

「ちょっと待ってくれ。サミー」

明るい茶の髪の青年が、サミーの肩をそっと押さえた。

「どうしたんだよ」

「いいから」

青年はアンの前に立ち、物腰《ものごし》も柔らかに微笑んだ。

「やっぱり、君だ。僕のこと覚えていないかな？　ずいぶん前だし、一瞬《いっしゅん》顔を合わせただけだから。風見鶏亭《かざみどりてい》で、僕の仲間が無礼なことを言って。あの時は、悪かったね」

そこでアンは、やっと思い出した。

「あ、あの時の」

「キース・パウエルだよ。よろしく」

握手《あくしゅ》を求めて、ためらいなく手が差し出された。アンはあわてて、その手を握《にぎ》った。

「あ、こちらこそ。アン・ハルフォードよ」

九ヶ月前。前フィラックス公から拝領した金を手に、アンは冬を越《こ》すために、風見鶏亭を訪《おとず》れた。その時に風見鶏亭にいたラドクリフ工房派所属の若者たちに、嫌味《いやみ》を言われた。

それをいさめてくれたのが、目の前の青年だった。

若者たちからキースと呼ばれ、一目置かれている様子だったのを思い出す。

サミーがずいと、キースの傍《かたわ》らに近寄った。

「キース。追い返そう。そいつは、愛玩妖精を連れてるんだ。愛玩妖精を売り払うか、どこかに預けるかしないと、そいつは中に入れられない。規則があるだろう？」

「愛玩妖精？　確か風見鶏亭でも、妖精を連れてたよね」

キースは、御者台《ぎょしゃだい》に乗っているシャルに視線を向けた。そして、

「これは、……美しいね」

思わずのように、感嘆《かんたん》の声をあげる。

「あの時、部屋の中が暗かったし。ちらっと見ただけだったから、わからなかったけど。こうやって明るいところで見ると、すごいな……こんな綺麗な妖精、見たことないな」

キースは惚《ほ》れ惚《ぼ》れしたように言うと、しばらくシャルを見ていた。それはうっとりしているというよりも、なにか考えを廻《めぐ》らしているようだった。

シャルのほうは、慣れたものだ。お好きにどうぞといったふうに、視線をそらしている。

キースはゆっくりと、アンに視線を戻した。

「ねぇ、アン。君、この妖精を手放すのがいやで、迷ってるの？」

「彼は大切な友だちで、一緒《いっしょ》に旅してるの。わたしが使役《しえき》しているんじゃないの。ただ友だちだから、離れたくないだけなの」

「へぇ？　使役してないの？　とにかく、君は彼と離れたくないんだろう？　それなら、一緒に本工房に入れる方法がある。僕ならできるよ」

「ほんとうに？」

「僕は今年、砂糖菓子《がし》品評会に参加する予定なんだけど。彼をモデルにして、品評会用の作品

を作りたい。だから必要なときに、彼を借り受けたい。それを了承してくれるなら、彼を入れてあげられる」

「モデル⁉」

「僕が彼をモデルにすると言えば、彼は作品作りに必要な存在になる。工房に入ることができる。こんなこと、突然《とつぜん》やってきた君が言っても通りはしないだろうけど。僕なら、そこそこ工房の中で信頼《しんらい》もあるからね」

シャルを借りるとか、借りないとか。彼をもの扱《あつか》いした発言に抵抗《ていこう》を感じた。

シャルは、アンの持ちものではない。アンのために、彼を利用したくなかった。

しかも、シャルがそんなことを承諾《しょうだく》するとは思えない。

「ごめんなさい。それは……」

断りかけたアンの二の腕《うで》を、背後の御者台の上から、シャルがぐっと引いた。

首をねじって彼を見あげると、彼は平然とした顔で告げた。

「それでいい。こいつはサインをする。書類を出せ」

「シャル⁉　なんで⁉　モデルなんて、あなたするつもり⁉」

「そのくらいのこと、やってやる」

唇の端《はし》を少しつりあげて、シャルは笑った。

妖精を使役することを、当然と考える人間。彼らが要求することなど、たいがい承知していて、馬鹿《ばか》にしていて、受け流すことができる。そんな余裕《よゆう》と軽蔑《けいべつ》が、冷ややかな表情に感じられた。

「サインをしろ。離れていたいか？」

「ううん、でも」

それでも迷う。シャルに負担をかけることがいやだ。

「サインをしろ」

軽くキースのほうに押し出され、アンはたたらを踏《ふ》んだ。

今一度シャルをふり返ってみた。彼は、はやくサインしろと言わんばかりにこちらを睨《にら》んでいる。それに後押しされ、アンは決心した。

「キース。シャルは、あなたのモデルをするって承諾してくれたから。だから、サインをする。銀砂糖の精製に参加させて」

「よかった。じゃ、サインして。こっちだよ」

キースはアンを、机の方に誘導《ゆうどう》してくれた。キャットが場所を譲った。

机でサインをするアンの背後で、サミーがぶつぶつ言っているのが聞こえた。

「ジョナス、マーカスさんに相談して来いよ。この女を本当に入れていいのかどうか」

「だめだよ、たぶん。伯父《おじ》さんは僕なんかよりも、キースの意見のほうをよく聞くから」

「つかえねぇな、ジョナス。おい、キース」

サミーに呼ばれ、キースは顔をあげた。

「なに？」

「なんでそんなやつ、入れてやる必要があるんだよ」

「愛玩妖精の件がなくなれば、他《ほか》に、入れない理由はないだろう？　それとも君にはあるの？　サミー？」

彼はにっこりと微笑《ほほえ》んだが、その目は笑っていなかった。

「い、いや……」

それを察したのか、サミーはようやく黙《だま》った。

——この人、何者？

アンは改めて、キースを見あげた。


「えっと、リボン。リボン！」

アンはせっせと髪《かみ》を編みこみながら、きょろきょろと周囲を見回す。

「あった。と、とと。ごめん、ミスリル・リッド・ポッド」

よろけた拍子《ひょうし》に、ベッドでうとうとしているミスリルを、腕で跳《は》ねとばしそうになる。

アンはあわてて謝るが、ミスリルは目を開けない。

と、そうしていると、編んでいたアンの髪がぱらりと落ちた。

「ああ、もう！」

まだ、夜は明けきっていなかった。

ラドクリフ工房《こうぼう》派の本工房に寄宿した、翌朝だった。

シャルは窓から外を見ていた。窓の下には、枯《か》れ葉をつけた広葉樹の細い枝が伸《の》びている。

この二階の部屋から見ると、敷地《しきち》の様子がよく分かった。

ラドクリフ工房派の本工房の敷地内には、大小あわせて九つの建物がある。

門の正面にある二階建ての建物が、派閥《はばつ》の長《おさ》マーカス・ラドクリフと家族の家であり、客人のもてなしや商談をする場所でもある。母屋《おもや》と呼ばれていた。

母屋の背後に、縦長の大きな平屋がある。そこが、砂糖菓子の制作棟《とう》になっている。

さらにその後ろに続く平屋が、銀砂糖の精製作業棟。

職人たちが寝起《ねお》きする寮《りょう》と呼ばれる二階建ての建物が、赤茶の煉瓦塀《れんがべい》に沿って、三棟《むね》建っていた。その他に厩《うまや》一棟と、倉庫が二棟。

アンたち三人は、寮の一部屋を与《あた》えられた。

一般《いっぱん》の職人は、ベッドが並ぶ大部屋に寝起きする。寮で個室をもてるのは、銀砂糖師、もしくはそれと同等の技量だと派閥の長が認めた者に限られる。

アンも本来、大部屋のはずだ。しかし女が、男と寝起きするわけにはいかない。そこで特別な計らいで個室が与えられたのだ。

アンは、目を覚ました途端《とたん》にベッドから飛び起きた。そして服を着替《きが》えて顔を洗うと、あたふたしながら髪を編む。

その様子を眺《なが》めながら、シャルは呆《あき》れたように言った。

「おまえは、子リスに似てる」

「リス？　かかしより、ずっと可愛《かわい》いじゃない!?」

一瞬《いっしゅん》、アンは嬉《うれ》しくなってぱっと笑顔《えがお》になった。

「落ち着きなく、あちこち餌《えさ》をあさっている様子に、そっくりだ」

「……やっぱり。そんな意味ね」

がっかりしながらも、髪を整え終える。それから真剣《しんけん》に、手鏡をのぞきこむ。

――髪。編んでるから、リスっぽいのかな？　おろしたほうが、大人っぽく見えるのかな？

シャルは、どっちが好きなんだろう。

そんなことを考え、じっと鏡とにらめっこしていると、背後からシャルの声がした。

「念力で鏡を割るつもりか？」

いつの間にか、シャルは窓辺からアンの後ろに移動していたらしい。

アンは恥《は》ずかしくなり、手鏡をベッドのうえに伏《ふ》せた。

「か、髪型がちゃんとしてるか、見てただけよ」

「いつもどおりだ。問題ない」

そう言ってシャルは、なにげなくアンの編みこまれた髪に触《ふ》れた。アンはびくっとして、振《ふ》り向いた。

薄闇《うすやみ》の中でも、シャルの黒い瞳《ひとみ》は魅惑《みわく》的だった。おもわず、ひきこまれる。

「ねぇ、シャル……シャルって、髪を結んでるほうが……」

うわごとのように突然、口走ってしまった。

「髪を？」

怪訝《けげん》な表情で問い返すシャルに、アンははっとして自分の口を押さえた。

「こ、これじゃミスリル・リッド・ポッドと同じじゃない！」

「なんだ？」

「なんでもない。気にしないで！　ミスリル・リッド・ポッド起きて。作業に行こう」

揺《ゆ》り起こされたミスリルは、あくびしながら、のろのろとアンの肩《かた》に這《は》いあがった。

「シャルはゆっくりしてて。キースがいつ、シャルを呼びに来るか分からないから、落ち着けないかもしれないけど。ごめんね」

「言ったはずだ。かまわない」

「うん、ありがとう。よっし！　今日から、はりきって作業しないと！」

昨夜《ゆうべ》アンは、慣れない場所で、不安を抱《かか》え、ほとんど寝《ね》ていない。けれど自分をふるいたたせるように、元気な笑顔で手を振った。

「じゃ、行ってくる！」

アンはミスリルとともに、部屋を出た。これから、銀砂糖の精製作業に参加するためだ。

廊下《ろうか》を早足で歩いていると、廊下に並んでいる扉《とびら》の一つが開いた。

「アン。おはよう」

開いた扉から顔を出したのは、キースだった。キースの部屋は、アンの部屋の斜《なな》め前にあった。三棟ある寮のなかでも、この寮の二階部分が、個室専用になっている。

今、寮で個室を使っているのは、四人だけだ。

キャットとアン。ペイジ工房派の本工房から作業の手伝いに来ているという、派閥の長《おさ》の代理人エリオット・コリンズ。そして、キース・パウエルだった。

ペイジ工房派のエリオット・コリンズは、銀砂糖師だ。派閥の代表者でもあるのだから、個室は当然。キャットも、銀砂糖師だ。

キース・パウエルは、銀砂糖師ではない。にもかかわらず個室を使っている。彼はラドクリフ工房派の中で、かなり実力を認められているのだろう。

しかし。ただ、腕《うで》のいい職人というだけではないはずだ。いくら腕がよいとはいえ、他の職人とは違《ちが》う待遇《たいぐう》をすると反発が生まれる。それを承知で特別待遇をする、特殊《とくしゅ》な事情があるのか。もしくはそもそも反発が生まれない、なにかがあるのか。

「おはよう。キース。あなたもこれから作業よね？」

訊《き》くと、彼は軽く首をふった。

「今日は非番だよ。七日に一度、順番にお休みをもらえるんだ。もちろん、アンももらえるはずだよ。こんなにまとまった時間は、普段《ふだん》は取れないから。有効に使わなくてはね。シャルを借りたいけど、いいかい？」

「キース。シャルは、貸したり借りられたりするんじゃないのよ。彼がやるっていってくれたことは、やってくれるけど……」

「そうか。使役《しえき》してるのじゃないって言ってたね。ごめん、嫌《いや》な言いかただったね」

素直《すなお》に謝ってくれるキースの態度は、とても好ましかった。

「ううん、いいの。それよりキース。昨日、ありがとう。わたしがここに入れるように、口添《くちぞ》えしてくれて。ほんとうに助かった。でも。なんでこんなに、わたしに親切なの？　他の人たちは、とてもわたしに親切とは言えないのに」

「だってアンは前フィラックス公にも認められた、ちゃんとした職人じゃないか。意地悪する理由はないよ。それに。そうだな。君と僕、境遇《きょうぐう》が似てるからかな？」

「境遇が？」

「アン。君のお母さんは、エマ・ハルフォードだよね？」

「そうだけど。どうして、知ってるの？」

意外な人からエマの名を聞いて、アンは目を丸くした。

「前フィラックス公の件で君の噂《うわさ》を耳にして、もしかしてあのハルフォードさんの血縁《けつえん》かもしれないと思って、銀砂糖子爵《ししやく》に訊いたんだ。そしたら、そうだって教えてくれた」

「銀砂糖子爵に直接？　そういえばキースは、キャットとも顔見知りみたいだし」

「僕は一昨年《おととし》までの銀砂糖師なら、ほとんどの人と面識はあるよ。特にハルフォードさんは、印象に残ってる。あの人と会ったとき、僕はまだ、四つか五つだったけど。女性の銀砂糖師がいるんだと思って、びっくりした」

「会ったことあるの？　ママと……」

エマを知っている人だ。そう思うと、じんわりと懐《なつ》かしさに似た親しみを感じた。

キースは、いつもの柔《やわ》らかい微笑《ほほえ》みでアンを見つめた。

「僕の父はエドワード・パウエルなんだ。僕の父も君のお母さんと同じ、銀砂糖師。似てるだろう？　境遇が君と」

アンは、一瞬息を呑《の》んだ。

「前、銀砂糖子爵のエドワード・パウエル⁉」

「そうだよ」

こともなげに、キースは答えた。

「任期二十年を超《こ》えた素晴らしい銀砂糖子爵だったたって、ママが言ってた。確かママが亡《な》くなる半年ほど前に、病で亡くなったって。同じ銀砂糖師っていっても、全然違う!」

「そう? でも素晴《すば》らしいかどうかは、いまいちわからないな。父が銀砂糖子爵だった時、今年と同じような、砂糖林檎《りんご》の凶作《きょうさく》の年があったけど。あの時は、だいぶん混乱したらしいよ。僕が生まれる前年のことで、僕は知らないけど。父は悔《く》やんでいた。今回は父の失敗をふまえて、銀砂糖子爵が早めに手を打ったおかげで、整然とことが進んでいる」

鼻にかけるでもなく、謙遜《けんそん》するでもなく。ただ事実のみを率直《そっちょく》に語っているキースには、おごったところなど微塵《みじん》もない。

銀砂糖子爵の家族は、銀砂糖子爵が在任期間は、貴族の夫人子弟《してい》として扱《あつか》われる。キースの貴公子然とした立ち居振《ふ》る舞《ま》いは、生まれてからずっと、貴族として生活を続けていたためだろう。

だが銀砂糖子爵が解任される、もしくは死亡した場合。家族は平民に戻《もど》る。その落差に屈折《くっせつ》した思いを抱《いだ》く者も多いと聞くが、キースにはそんなところは見あたらなかった。

「でも、前銀砂糖子爵ってペイジ工房《こうぼう》派の出身よね。なんでキースはラドクリフ工房派にいるの?」

「ペイジ工房派に入ったら、パウエルの息子《むすこ》だって、特別《とくべつ》扱いされるだろう? 父はペイジ工房派から初めて輩出《はいしゅつ》された銀砂糖子爵だからね。それがいやだったんだ。ラドクリフ工房派なら、いち職人として扱ってもらえるかもしれないと思ったから。でも、あんまり変わりないかな？　意固地になって、『そんな扱いいやだっ！』ていうのも大人げないから、そのままにしてるけど」

キースは冗談《じょうだん》めかして、肩をすくめた。

――前銀砂糖子爵の息子。だから。

結局、周囲の目は彼を、前銀砂糖子爵パウエルの息子としてみている。

周囲の職人たちが、キースに対して少し遠慮《えんりょ》がちなのも、腕がいいからという理由で特別に個室を与《あた》えられてしまったのも、そんな理由があったからだ。

「僕は父を尊敬していたけど、父が在任の時は窮屈《きゅうくつ》だった。だからもうなるべく、父の影響《えいきょう》は受けたくないんだ。僕は父が生きていたときは、砂糖菓子《がし》品評会に出たくても、出られなかったんだよ」

「どうして？」

「だって王家勲章《くんしょう》をとってしまったら、口さがない連中は言うはずだ。『銀砂糖子爵の息子だから、王家の覚えがめでたかった』ってね。逆に王家勲章をとれなかったときは『銀砂糖子爵の息子のくせに』って。父の名誉《めいよ》のためにも、参加できなかった」

「あ。そっか」

アンにしたって、砂糖菓子品評会で国王の御前《ごぜん》に召《め》されたことを、いろいろ嫌な憶測《おくそく》で語られた経験がある。もし銀砂糖子爵の息子であれば、アンの経験など比にならないほどの、中傷を浴びる恐《おそ》れがある。

「父が亡くなっても、去年は喪《も》に服していて砂糖菓子品評会には出られなかった。貴族って、そういうところが不便だったけど。喪が明けたら、僕は平民だ。父の影響も消えた。だから、今年は参加するよ。僕は待ちすぎるほど待っていたからね。ってことで、これから作品を作りたいと思って。シャルはどこにいるの？」

「部屋にいるわ。行って呼んできたら、たぶん、協力してくれると思う」

「わかった。じゃあ、アン。がんばってね」

別れるまぎわ、キースはアンの肩《かた》を軽くぽんと叩《たた》いてくれた。それは対等の仲間にする励《はげ》ましのようで、とてもすがすがしかった。

シャルは窓辺に座り、薄闇《うすやみ》が、少しずつ朝焼けに追い払《はら》われていくのを見ていた。

元気なアンが部屋を出ていくと、ぽかりと部屋の中に、穴が開いたような虚《むな》しさが残った。

ふと、リズのことを思い出す。

――リズは、アンのように早起きする習慣はなかった。

彼女はいつも、日が高くなるまでベッドの中でぐずぐずしていた。

さすがに呆《あき》れて、そろそろ起きろと言うと、甘えて、引っぱり起こしてくれとせがんだ。大人になっても、そうやって甘えることがあった。

それに比べて、アンときたら。

鶏《にわとり》と張り合っているかのように早起きして、目が覚めた途端《とたん》にせかせか動き出す。

——あいつの、あのちょこまかするのは、なぜなんだ？　笑ったり怒《おこ》ったり、溜息《ためいき》をついたり。いつも、あわただしい。

見ていて飽《あ》きない。

ノックの音がした。

「おはよう。シャル。いるんだろう？」

キースの声だった。表情を消すと、シャルは立ちあがり扉《とびら》を開けた。

「そこでアンに会ったよ。君は部屋の中にいるはずだって聞いたんだ。迎《むか》えに来た」

キースはすでに、身なりをきっちり整えていた。眠《ねむ》そうな目もしていない。

「朝早くから悪いけど、つきあって欲しいんだ」

「約束したからな。なんでもしてやる」

冷淡《れいたん》に答えたシャルに、キースは気にしたふうもなく微笑んだ。

キースは、シャルを自分の部屋に案内した。

どの部屋も作りは同じらしい。キースの部屋も、アンの部屋と同じ広さだった。

部屋の中には、四樽《たる》の銀砂糖が運びこまれていた。そして作業台用の机の上には、石板や道具類がきっちりと整頓《せいとん》しておかれている。

部屋に入ると、シャルは壁《かべ》にもたれた。

「俺に、なにをさせたい？　逆立ちでもするか？　それとも、服でも脱《ぬ》ぐか？　さっさと命じろ。坊《ぼう》や」

銀砂糖の樽の蓋《ふた》を開けていたキースは、ちょっと困ったような顔でふり返った。

「坊や……。君と僕、あまり違《ちが》わない年に見えるけどね」

「おまえは、百歳超えているようには見えない」

キースは驚《おどろ》いたような顔をしたあと、ああと、笑った。

「そうか。妖精《ようせい》は、そうだったよね。でも、坊やは嫌《いや》だな。せめて名前で呼んで欲しいけれど。君は、そこの窓辺の、明るいところに立ってて。それだけでいいよ。ポーズが欲しいわけじゃなくて、君の雰囲気《ふんいき》と、容姿を詳細《しょうさい》に見たいだけだから」

言われるままに窓辺に立つと、シャルは窓の外へ視線を向けた。

煩《わずら》わしいことだが、しかたがない。

アンと離《はな》れて一人街で待つよりは、何倍もいい。離れていると、アンがなにをしでかすかと、気が気ではない。

そこでふと、シャルは思った。

——離れていたくなかったのは、俺のほうか……。

キースは、石の器《うつわ》に銀砂糖をくみあげながら話しかけてきた。

「アンはこれから大変だね。僕たちは、もう品評会用の銀砂糖の精製は終わってるんだ。出遅《でおく》れた彼女は、これからだよね。共同の精製作業もあるし。大丈夫《だいじょうぶ》かな？」

キースは気遣《きづか》わしげだったが、それがかえって腹立たしかった。

「おまえのお仲間が、あいつに今年の特殊《とくしゅ》な事情を伝えなかったおかげだ。嬉《うれ》しいか？」

「伝わってなかった？　まったく、誰《だれ》も彼もどうしてそんなことを……。でも、ありえるのかな。僕は、嬉しくはないけどね。かえって迷惑《めいわく》だ」

答えるとキースは、石の器にくみあげた銀砂糖を石板のうえにあけた。

「卑怯《ひきょう》な真似《まね》は、見苦しい。僕はいやだ」

自らにやましい行為《こうい》を許さない潔癖《けっぺき》さが、キースの言葉にはにじんでいた。それは彼の誇《ほこ》り高さをかいま見せた。育ちがいいのだろう。誇りを守りながら、穢《けが》れることなく、自分の信じた道を歩いてこられたのかもしれない。

人間に使役《しえき》され、濁《にご》り水の中を泳ぐようにして長い時間を過ごしたシャルには、彼の真っ白な濁りなさが羨《うらや》ましい気もした。

作業台の端《はし》に置かれた冷水の器に、キースは手を入れた。

手を冷やしながら彼は言った。

「でも、よかった。アンが今年の砂糖菓子品評会に参加してくれて。今、ここに集まっている砂糖菓子品評会の参加希望者では、僕の競争相手にはならない。僕と争うだろうって評判のサミーなんて、僕に言わせればお話にならない。ジョナスもいい物を作るんだけど、彼には決定的なものが欠けてる。アンが参加してくれるなら、やりがいがある。僕は対等な相手が欲しかったから」

自信に満ちた言葉だった。

冷水から手を出して、キースは銀砂糖を練り始めた。

「品評会でアンと競《きそ》えるのは、今年だけだろうから。アンにとっては最後のチャンスに、僕は巡《めぐ》り会えたわけだ。僕は幸運かもしれないね」

「最後のチャンス？」

問い返すと、キースはすこし気の毒そうな顔をした。しかしはっきり、頷《うなず》いた。

「そうだよ。彼女は今年銀砂糖師になれなければ、永久になれないかもしれない」

朝暗いうちから、銀砂糖の精製作業棟《とう》に、砂糖菓子職人たちは集まっていた。

前日まで作業に参加していた連中は、自分に割り当てられた役割をこなすために、持ち場に移動していく。

昨日、本工房《こうぼう》に到着《とうちゃく》したアンとキャットは、作業棟の端で待つように指示された。

精製作業棟内部には、しきりがない。等間隔《とうかんかく》に柱が立つ、だだっぴろい空間だ。

そこに北側から南に向けて順番に、巨大《きょだい》な道具類が並んでいた。

砂糖林檎《りんご》を水に浸《ひた》す大樽が三つ。アンの身長よりも深い樽には、足場が組まれている。

その次には、砂糖林檎を煮溶《にと》かすための大きな竈《かまど》が三つ。竈のうえにかかる鍋《なべ》も巨大で、大人が四、五人はいりそうだった。

最後に、四人がかりで回転させる、大きな石臼《いしうす》が整然と四つ。

そして壁沿いには、煮溶かした砂糖林檎を乾燥《かんそう》させるため、平板な容器を並べる棚《たな》が、びっしりと並んでいた。

さっそく竈に火が入れられた。作業棟内の温度が、一気にあがる。

昨夜《ゆうべ》、水に浸されていた砂糖林檎を、職人たちは大きな網《あみ》ですくいあげる。それを竈にかけられた鍋に移していく。

アンとキャットは、開け放たれた出入り口近くで待たされていた。

作業を始めた職人たちは、仕事をしながらも、ちらちらとアンのほうを見ている。

その視線が痛い。

作業場にいる職人は、六十人はくだらないだろう。その全員が男だった。

その事実に、驚きと、居心地《いごこち》の悪さを感じる。

──まさか、一人も女の人がいないなんて。

固い表情のアンを、キャットはちらりと見た。

「どうした？　アン」

「いえ……。男ばっかりだから。どうして、こんなに女の人がいないのかと思って」

男社会なのだとは、エマの口から聞いていた。しかしアンは生まれてからずっと、銀砂糖師として生きているエマを知っている。だから彼女のような存在が、ほとんどいないという事実が、驚きであるとともに不思議でならなかった。

するとキャットは、職人たちの動きを確認《かくにん》するように眺《なが》めながら言った。

「砂糖菓子《がし》は聖なる食べ物だ。百年前なら、てめぇのお袋《ふくろ》も砂糖菓子職人どころか、銀砂糖に触《ふ》れることすら出来なかったさ。女じゃ、工房で修行《しゅぎょう》するのは体力的にきついというのもある。だが一番の理由は、女は神の意志に背《そむ》いた罪人だから、聖なる職にはつけねぇと言われてた時代の名残《なごり》だ。国教会の聖職者は、教父……男だけなのもそれが理由だしな。八十年前の国教会教主が断行した改革で、女の罪はセドリック祖王によって浄化《じょうか》されたから、今は罪人ではないんだって言われ出した。そのおかげで、今はそこまで厳しく言われねぇが。やっぱり砂糖菓子職人たちの間では、女は出しゃばるなって意識があるのさ」

「女は、神の意志に背いた罪人なんですか？」

不満げに確認するアンを、キャットはじろりと睨《にら》んだ。

「てめぇ、教会の休日学校とか、とことんサボりやがったクチだな」

「……すみません……ママに内緒《ないしょ》で、よくサボってました……」

返す言葉もなく、アンは小さくなった。

呆《あき》れたような顔をしたキャットだったが、それでも親切に教えてくれる。

「覚えとけ。神は右掌で男を創造し、左掌で女を創造した。そしてその一対《いっつい》の人間をこの地上に降ろした。神は人間が地上の支配者となることを望んだ。だが女が妖精王の美しさに惑《まど》い、服従を誓《ちか》ってしまった。それがもとで人間は、妖精に使役される者になってしまったというのさ。その女の罪を浄化して人間を妖精から解放したのが、セドリック祖王だ。聖本の冒頭《ぼうとう》に書いてある。創世記だ」

砂糖菓子職人の世界は、基本的に徒弟《とてい》制度だ。親方の仕事を間近で見て習い、技術を習得する。アンは親方に弟子入りはしなかった。だが傍《かたわ》らには常に、エマがいた。それは腕《うで》のいい銀砂糖師に、弟子《でし》入りしていたようなものだ。

徒弟制度は、親方からの教えを何代にもわたって受け継《つ》ぐ。先代の教えを、間違《まちが》いなく引き継ぐことをよしとする。その世界で、新しい考えを取り入れるのは難しい。

八十年前に宗教的な改革があったとキャットは言ったが、だからといって、おいそれと女を受けいれられるほど意識が変わるものではないのだろう。

そこでアンは、ふと不思議になった。そうであるならば、エマはどうやって銀砂糖師になれるほどの技術を身につけたのだろうか。普通《ふつう》の親方が、女を弟子にしてくれるとは思えない。

──ママは、どうして銀砂糖師になれたのかな？

エマのことなら、全《すべ》てを知っていると思いこんでた。でもエマにもアンが知らない過去や事情や思いが、たくさんあったはずだ。アンはそれに、気づきもしなかった。気づかなかった一年半前の自分が、母親に甘えていて、ひどく子供っぽく思えた。

肩《かた》の上のミスリルが、不機嫌《ふきげん》そうに言う。

「なにが創世記だよ。人間は勝手なことをねつ造するよな。俺たちにだって俺たちの創世記があるんだ」

「俺に文句を言うんじゃねぇ。俺がねつ造したわけじゃねぇ」

「ま、そうだけど……ってか、キャット。ベンジャミンを、起こしたほうがよくないか？　これから仕事だろう？」

ベンジャミンはキャットの肩の上で、こくこくふねを漕《こ》いでいた。

するとキャットは、どんよりした表情になる。

「この時間は、起こしても無駄《むだ》だ。また、寝《ね》やがるからな……まあ、いないものと思ってりゃいい。日が昇《のぼ》れば、もうちょっとマシになる」

なぜキャットが、あまり役に立たないベンジャミンを使役しているのか。謎《なぞ》だった。

空が白みはじめると、開けっ放しの扉《とびら》から、作業棟の中にうっすら光が射《さ》しこんでくる。

それに気がついた見習いたちが、ランプを消しに走る。それを目で追っていると、

「ようやく来たか、ヒングリー」

背後から落ち着いた中年の声がした。

ふり返ると、庭のほうから五十代の男がはいってきた。

その男の背後に付き従っているのは、ジョナスだった。微妙《びみょう》にアンから、視線をそらしている。

キャットはにっと笑って、男と対峙《たいじ》した。

「あんたたちが、なかなか連絡《れんらく》よこさねぇからな。ラドクリフさん」

――ラドクリフ？

緊張《きんちょう》した。この男が、おそらくラドクリフ工房派の派閥《はばつ》の長《おさ》だ。

「相変わらず口のききかたがなっていないな、ヒングリー。そもそもおまえが、銀砂糖子爵《ししゃく》に届けも出さずに、居住先を変えるのが悪かろう」

「知るか、そんなもん。とりあえず来たんだ。仕事をさせろ。俺は銀砂糖が必要だ」

「まあ、いい。おまえの腕は、認めている。おまえは、精製作業全体の監督《かんとく》をしてもらう。うちの銀砂糖師は、病気療養《りょうよう》中で役に立たん。今はペイジ工房派の長代理、エリオット・コリンズが監督をやっている。コリンズと一緒《いっしょ》に監督をしてもらう」

「奴《やつ》も来てるのか。にしては、姿が見えねぇぞ。昨日、寮《りょう》でも姿を見なかった」

ざっと作業場全体を見回したキャットに、相手は呻《うめ》くように答えた。

「無断外出で、遅刻《ちこく》だ。奴はたいがい、遅刻する。いいから今から、おまえがやれ」

「いい加減だな、エリオットの野郎《やろう》は。まぁ、しょうがねぇ。俺は、やらせてもらう」

きびすを返すと、キャットは作業の連中が右往左往している中に入っていった。

キャットが行ってしまうと、ようやく男は、アンに向きなおった。

「アン・ハルフォードだな。わたしが、ラドクリフ工房派の長を務めているマーカス・ラドクリフだ。わたしの甥《おい》のジョナスは、君にずいぶん世話になったらしいな」

あまりにストレートすぎる嫌味《いやみ》に、アンはどう切り返していいのか分からなくなる。

「砂糖菓子品評会に参加希望だと聞いたが、間違いないな？　断る理由も権限も、わたしにはない。だから、好きにするといい。ただし、他《ほか》の職人と同様の働きが出来なければ、砂糖林檎を渡《わた》すことは出来ない」

「仕事はします。そのために来ました」

「できるか？　この精製作業は、個人でやるものとは桁《けた》が違《ちが》う。あの重い石臼や、柄杓《ひしゃく》や、櫂《かい》を、おまえは男と同じように、男に混じり、一緒に動かすか？」

「やってみます」

「心意気だけでは、力仕事はできん。邪魔《じゃま》にならんように、しかし、役に立つ仕事をしろ。わたしが言えるのは、それだけだ。なにか言いたいことがあるなら、今後はジョナスに言え。なにごとも、ジョナスを通せ」

因縁《いんねん》があると知りながら、ジョナスに相談しろという。

要するに「文句は言うな。要求はするな」ということだろう。

ミスリルがなにか言いたそうにうずうずしているのが分かったので、アンはそっとミスリルを肩からおろして、両手で胸の前に抱《だ》いた。

文句を言っても、よけいに相手の心証を悪くするだけだろう。

「わかりました」

「よかろう」

マーカスは頷《うなず》くと、きびすを返した。そして背後に立っているジョナスの胸を、どんと叩《たた》いた。

「ジョナス。おまえも、しっかりしろ。キースと並んで、こいつは強敵だぞ」

よろけたジョナスは、固い声で返事した。

「わかってます。伯父《おじ》さん」

「今回の品評会でおまえがそこの小娘《こむすめ》にも劣《おと》るようなら、次期長の候補から外すぞ。次期長は、キースになると思え」

マーカスの態度は、ジョナスに対しても優《やさ》しいとは言えない。本当にマーカスは、血縁《けつえん》関係を無視して、キースを次期長に指名するかもしれないと思わせた。

──キースって、ラドクリフ工房《こうぼう》派の次期長の候補の一人なんだ。

それはキースが、ラドクリフ工房派で一、二を争う技術の持ち主だからだろう。

──強敵、ね……。

それはアンにとっても、同様だった。

ジョナスは叩かれた胸を押さえて、出ていくマーカスを見送った。

「あなたも、色々大変そうだけど……。また、あなたと関《かか》わらなくちゃいけないのね」

するとジョナスは、そっぽを向いた。

「僕も、君なんかと関わるのはごめんだよ」

「とりあえず、わたし仕事に加わるわ。いい？」

「いいんじゃないの？　伯父さんが、いいって言ったんだから。好きにすれば？」

「じゃあ、そうする」

言うなりアンはすぐに、作業棟《とう》の外へ走り出した。ジョナスが目を丸くしている。

「おい、アン!?　なんだ!?　いきなりふてくされて、脱走《だっそう》か!?」

ミスリルが、びっくりしたように声をあげた。

「ちがうから、安心して」

そのまま、自分の部屋に戻《もど》った。

シャルは部屋にいなかった。おそらくシャルは、キースのところで約束のモデルをしているのだろう。けれどそのほうが、都合が良かった。

ミスリルをベッドの上に置くと、その下に押し込んであったカバンを引っ張り出した。中から、男物の服をひとそろい取り出す。

「ミスリル・リッド・ポッド。ちょっと、目を閉じてて」

お願いするなり、服を脱《ぬ》ぐ。

「わっ、おい！　アン⁉」

ミスリルはあわてて、目を両手でふさぐ。

アンは服を、男物の上下に取り替《か》えた。

身につけたのは、一年前手に入れたジョナスの服だ。相変わらず、腰《こし》や肩はぶかぶかだった。だが、ズボンの裾《すそ》や袖《そで》を折り返す数が少なくなった。

一年前に比べて、少し背が伸《の》びたようだ。

「これでいいわ。行こう、ミスリル・リッド・ポッド」

アンはミスリルを抱きあげると、再び作業棟へ戻った。

真っ直《す》ぐ、キャットのところへ行った。

「キャット。手の足りない箇所《かしょ》は、どこでしょうか。指示をください。作業に入ります」

この場の監督は、キャットに任されたのだ。はじめに、監督であるキャットの指示を仰《あお》がねばならない。

アンの服装を見て、キャットはにっと笑った。

「いい服だな。そのほうが、動きやすいじゃねぇか」

ここでの作業は、足場にのぼったりおりたり、普段《ふだん》ではしない動きが多い。いつものドレスでは、とうてい対応できない。

キャットは、三つ並ぶ大きな竈《かまど》を指さした。

「竈へ行け」

「はい」

「ミスリル・リッド・ポッド。てめぇは、ベンジャミンと一緒に、裏手の倉庫に行け。もうすぐ、砂糖林檎《りんご》を収穫《しゅうかく》する馬車が出発する。そいつに乗って、収穫を手伝ってこい」

「え!? 俺は、アンと一緒に」

「逆らうんじゃねぇよ、チビ！ てめぇの働きは、アンの働きと同じだ。しっかり働いて、アンを助けろ。さっさと行け、そら、ベンジャミン。てめぇも起きろ」

キャットは肩《かた》の上でふねを漕《こ》いでいるベンジャミンの襟首《えりくび》を掴《つか》んで、床《ゆか》におろした。

「……あ〜、お仕事かぁ。……いやんなっちゃう」

床に座りこんだベンジャミンは、ふあふあとあくびをして、目を開ける。

「しかたないな。アンの役に立つならさ……。ほら、ベンジャミン、行こうぜ」

ミスリルはアンの肩から飛び降りると、ベンジャミンの手を引っぱって立たせた。

「いやだなぁ。働くの、やだなぁ。僕、お料理以外、あんまりしたくないんだぁ」

「働かざる者食うべからずって言葉、知らないのか!?」

「スルスルは働き者なんだね～」

「ミ・ス・リ・ルだっ!」

ベンジャミンを引っぱっていくミスリルを見送ると、アンも気合いをいれて竈に向かう。

巨大《きょだい》な竈と鍋《なべ》の周囲にも、アンの頭の上あたりに、低い足場が組まれていた。

見習いがあわただしく薪《まき》の束を運んで、竈の脇《わき》に積みあげていた。その薪は、次々と竈に放《ほう》りこまれる。

竈に薪をほうりこみ、火力を調整する職人たちは、炎《ほのお》の熱気に汗《あせ》だくだった。

煮《に》えたぎる大鍋をかき回すために、足場のうえにも職人がいる。

ごみや灰汁《あく》をすくう職人たちも、足場にいた。

足場からは、火加減を指示する怒鳴《どな》り声が降ってくる。

作業の様子を、ざっと確かめた。

足場のうえで鍋をかき回す役と、灰汁やごみをとる役は、すぐにへばってしまうらしい。

腕《うで》がだるくなり、顔を歪《ゆが》め始める。と、かわりの者が足場のうえにあがる。

三つの大鍋のうち、一番人数の少ない一つに目をつけて、足場にあがった。

「かわります」

鍋をかき回しながら、腕が痛そうに顔を歪めている職人に声をかけた。

職人はびっくりしたように、アンを見る。

「あんたが？」

「はい。監督《かんとく》に指示されたので、作業に加わります」

「この櫂《かい》は重いぞ。底までかき回せなければ、焦《こ》げつく。そしたら取り返しがつかない」

「わかってます」

「女にできるわけない。どきな！」

あとから足場にあがってきた職人に、押しのけられる。サミー・ジョーンズだった。

「邪魔《じゃま》だ、消えな！」

サミーは怒鳴ると、鍋をかき回す作業を交代した。

てんで相手にされないことに、アンは唇《くちびる》を噛《か》む。

「や——。女の子は、こんなとこにのぼっちゃいけないよ。危ない危ない」

突然《とつぜん》、背後から腰を抱かれた。

ひゃっと、悲鳴をあげてふりかえると、見覚えのない青年がいた。

「落っこちて、顔に傷を作ったら大変だ。俺が連れておりてあげるから。怖《こわ》くないよ」

鮮《あざ》やかな赤毛が、奔放《ほんぽう》に四方に跳《は》ね回っている。邪気《じゃき》のない明るい笑顔《えがお》に、愛嬌《あいきょう》のある垂れ目が人なつっこい。

「だ、誰《だれ》!? 離《はな》して！ なんなの、あなた」

言うと、相手は意外にもあっさり手を離した。

「なんなのって。しいて言えば、女の子の味方？ ねぇ、今度、俺とお茶してくれる？」

「はっ!?」

その時。竈の向こうからキャットの怒鳴り声がした。

「てめぇ、そんなところで何してやがる。エリオット！」

すると赤毛の青年は、肩をすくめた。

「見つかったか。キャットの奴《やつ》、相変わらず目がいいなぁ」

「こっちにきやがれエリオット・コリンズ！ 仕事しろ！ いや、その前に遅刻《ちこく》を謝れ！」

――エリオット・コリンズ!? こんな人が!?

エリオット・コリンズは、ペイジ工房派の長《おさ》の代理の名だ。立派な銀砂糖師なのだ。

愕然《がくぜん》としていると、もう一つ、別の声が足場の下から聞こえた。

「エリオット。おりてきて。あの人がこっちに来るわ。あの人がキャットでしょう？ なんだか怖い感じ」

少女の細い声だった。

見ると、足場の下からこちらを見あげているのは、アンより二つ三つ年上らしい少女だった。

線が細く、頼《たよ》りない風情《ふぜい》。長くて柔《やわ》らかそうな金髪《きんぱつ》に、緑の瞳《ひとみ》をしていた。綺麗《きれい》な少女だった。

——誰？　砂糖菓子《がし》職人じゃない？

少女は、薄紫《うすむらさき》色の、レース飾《かざ》りがふんだんについたドレスを身につけていた。細かくドレープをいれたドレスの裾が華《はな》やかに広がっている。職人の服装ではない。

彼女はアンと目が合うと、眉《まゆ》をひそめた。

「……砂糖菓子職人？」

アンは自分が、なにか失礼なことでもしたのかと、ちょっと不安になった。

しかし少女はすぐに、背を向けてしまった。

「あ、はいはい。悪かったね。こんなところで、一人にさせちゃってさ」

エリオットは足場から飛び降りた。そして少女の隣《となり》に立ち、肩を怒《いか》らせてやってくるキャットに向かって片手をあげた。

「やっ、キャット。久しぶり。二年ぶりくらいか？　今夜飲もう」

握手《あくしゅ》を求めエリオットが差しだした手を、キャットは勢いよくはたいた。

「てめぇなんかと、誰が飲むか！　その前に仕事しやがれっ。なんだ、その女は！」

「失礼だなぁキャット。この人は、ブリジット・ペイジ嬢《じょう》だぞ」

キャットが眉根《まゆね》を寄せ、少女を見る。彼女は、わずかに膝《ひざ》を折る。

「ペイジ工房《こうぼう》派の長《おさ》、グレン・ペイジの娘《むすめ》です。ブリジットと申します」

「ペイジ工房派の娘が、どうしてここにいるんだ」

むっつりとして訊《き》いたキャットに、エリオットはへらへらっと幸せそうに笑った。

「ブリジットは、俺の婚約者《こんやく》なんだよね。んで、俺に会いに来てくれたんだ」

「違《ちが》うわ。お手伝いよ。台所まわりに手が必要で、各派閥《はばつ》から、女手も集まってるの」

エリオットと対照的に、ブリジットは淡々《たんたん》と答えた。

「と、いうのは表向きで。ブリジットは、俺がルイストンで頑張《がんば》って働いてるのを、応援《おうえん》しに来てくれたんだよ」

「頑張ってねぇだろう！」

キャットは怒鳴りつけると、ついでとばかりに、アンのほうをふり仰《あお》いだ。

「てめぇも、なにぼさっとしてる。作業に加われ！」

「あ、はい」

返事をしたものの、職人たちが、じろりとアンを睨《にら》む。

それを見て、キャットは猛烈《もうれつ》に不機嫌《ふきげん》そうな顔になり、周囲を怒鳴りつけた。

「同じ職人に馬鹿《ばか》な嫌《いや》がらせをする奴は、大鍋にたたきこんで一緒《いっしょ》に煮ちまうぞ！　仕事をする意志のある奴には、仕事を与《あた》えろ！　嫌がらせは、そいつがやった仕事が中途半端《ちゅうとはんぱ》なときにしろ！　そんときなら無視しようが、罵倒《ばとう》しようがかまわねぇ。好きにしろ！」

彼の剣幕《けんまく》に、職人たちがたじろぐ。

「しかたないな。おいっ！　かわれ」

アンの近くで、大きな柄杓《ひしゃく》で灰汁をすくっていた職人がアンの肩《かた》を叩《たた》いた。

「はい！」

勢いこんで、アンは男の傍《かたわ》らに立つ。

「可哀想《かわいそう》に。もうちょっと女の子らしい仕事させてやればいいんじゃない？　キャット」

エリオットが、眉をさげる。垂れ目がさらに垂れる。

「女らしい仕事？」

「掃除《そうじ》とかお茶くみとか、俺の話し相手とかぁ」

「てめぇの話し相手は仕事じゃねぇだろうが。それ以外は、見習いの仕事だ。あいつは、砂糖菓子職人だ。もう見習いじゃねぇ」

「認めているの？　職人だって」

驚《おど》いたように訊いたのは、ブリジットだった。キャットはためらいなく断言した。

「職人だ」

「女が、無理に決まってるのに。あくせくして、滑稽《こっけい》だわ」

吐《は》き捨てるように言うと、ブリジットは自分の足もとに視線を落とした。

「ここは暑くていや。エリオット。せっかくだから、わたし、街へ行って少し観光する」

ブリジットは、さっさと出入り口のほうへ向かった。

「あ、じゃ、俺も」

歩き出しかけたエリオットの襟首《えりくび》を、キャットはひっつかまえた。

「てめぇはこれから、俺と仕事の打ち合わせだ！」

アンは、男から柄杓を受け取った。箒《ほうき》ほどの大きさがある、巨大《きょだい》な柄杓だ。しっかりした柄《え》がずっしりと重くて、両手で支えなくてはならない。

ぐっと全身に力をいれ、柄杓を支えた。煮《に》え立つ砂糖林檎《りんご》の表面に、柄杓を滑《すべ》らせる。歯を食いしばり、重さにたえる。

――キャットが与えてくれた、チャンスだ。

柄杓いっぱいに灰汁《あく》をすくうと、足場の下に置かれた桶《おけ》の水に灰汁を移した。

そして再び柄杓を持ちあげ、鍋《なべ》に向かう。

――これができなければ、砂糖林檎をもらう資格なんかない。

びりびりと腕《うで》の筋肉がしびれて痛いが、そんなことは言っていられない。

竈《かまど》と、鍋から立ちのぼる湯気の熱気で、足場は熱い。全身から、汗《あせ》が噴《ふ》き出す。

三章　つくるべきもの

腕がだるくて、重くて、筋肉が痺《しび》れてじんじんしている。

竈の火が落とされ今日の作業が終了《しゅうりょう》する頃《ころ》には、日は暮れていた。

作業棟《とう》の外に出ると、涼《すず》しい風が頰《ほお》を撫《な》でた。

裏庭には、湯気の立つ大鍋《おおなべ》が用意されていた。夕食として、牛のすね肉の煮込《にこ》みが職人たちに配られていた。行列が出来ている。

料理の皿を手に、大部屋に帰る者、庭木の下で食事を始める者と、様々だった。

夕食を受け取るため、アンは列の最後尾《さいこうび》に並んだ。立ちくらみを起こしそうだった。

重労働に加えて、竈の熱にも体力を奪《うば》われた。

鍋から皿に料理をよそっているのは、ラドクリフ工房派の長マーカスの妻と、娘たち。そして、各派閥から手伝いに来ているらしい女性たちだ。ブリジット・ペイジの姿もあった。

女の労働妖精《ようせい》たちも、数人いた。その中にはジョナスが使役《しえき》する労働妖精、キャシーもいた。

キャシーは皿を渡《わた》す係をしていた。

ようやく鍋の近くまでたどり着く。皿を渡すキャシーの前に来たので、

「久しぶり、キャシー」

無視するのもどうかと思い、とりあえず挨拶《あいさつ》だけをした。

しかしキャシーはアンを見て、つんとそっぽを向いた。そして、

「勝手にどうぞ」

と言ったきり、皿を渡しもしない。

相変わらずの態度にげんなりしながら、自分で皿を三枚とった。

鍋の方へ移動し、皿を差しだした。鍋から料理をよそっているのは、ブリジットだった。

彼女はアンを見ると、眉をひそめた。そして疎《うと》ましげに、小さな声で言った。

「女の子のくせに……なんて格好なのかしら……」

ブリジットの言葉には、悪意を感じた。初対面の時から、なぜかブリジットから嫌《きら》われているようだ。理由を訊いてみようかとも思ったが、問いただすのも、怒るのすらも億劫《おっくう》だった。

疲《つか》れていた。

しかも自分が汗みずくで、ひどい格好なのは事実だ。

「食事をください」

それだけ言うのが、せいぜい。するとブリジットは、険しい顔をした。

「三皿？　一人一皿が決まりよ」

「連れがいるんです。彼らの分もお願いします」

「聞いてないわ」

「いいんですよ、彼女には三皿で。あげてください」

突然《とつぜん》、爽《さわ》やかな声が割りこんできた。いつの間にか、キースがアンの横に立っていた。

「キース？」

「彼女には、妖精の連れがいるんですよよ」

自分の背後を、キースは指さした。

ぐったりしたミスリルを肩に乗せて、シャルがこちらにやってくるところだった。

シャルの顔を見ると、なんだかほっとした。シャルはアンの背後に立った。

ブリジットは、近づいてくるシャルの姿を呆然《ぼうぜん》と見ていた。その白い頬が、みるみる薄《うす》く色づく。

「食事をもらう」

シャルは、アンが手にしていた皿を取りあげると、ブリジットに突《つ》き出した。

「あ……。え、ええ。わかったわ」

ブリジットは皿を受け取ると、皿に料理を盛り、次々と差しだした。その手がわずかに震《ふる》えているように見えた。

シャルが二皿を受け取り、アンが最後の一皿を持った。

「部屋に帰るぞ」

「シャル！」

きびすを返そうとしたシャルを、キースが少し慌《あわ》てたように呼び止めた。シャルがふり返ると、キースは自分の唇《くちびる》に人差し指を当てた。

「あのこと、黙《だま》っていて」

シャルはすこし眉根《まゆね》を寄せたが、黙って頷《うなず》き、歩き出した。

「あ、待って」

歩き出す前に、アンはキースに向きなおった。

「ありがとう、キース」

「どういたしまして」

軽く手をあげた彼の仕草は、なにげないのに品よく見えた。育ちの良さだろう。

シャルの後を追って歩き出そうとしたとき、ブリジットの姿が目に入った。彼女はまるで、奇跡《きせき》に出会ったかのようなぼんやりした顔をして、シャルの後ろ姿を見ていた。

「ねぇ、シャル。キースが言ってた、あのことって？　なに？」

シャルに並んで、彼の横顔を見あげながら歩く。

「なんでもない」

シャルは前を向いたまま、素っ気ない返事をした。

部屋に帰ると、アンは体を拭《ふ》いていつものドレスに着替《きが》えた。

その後すぐに、食事を始めた。

ミスリルは一気に食事を平らげ、ころりとベッドに転がった。そしてぐうぐう眠《ねむ》りだした。

砂糖林檎《りんご》収穫《しゅうかく》の仕事も、かなりの重労働だ。

アンは、思うように食事が進まなかった。

疲労《ひろう》で、食事が喉《のど》を通らない。さらに腕が痛くて、フォークを口に運ぼうとして腕をあげると腕が震えた。三分の一も食べないうちに、フォークを置いてしまった。

それと同時に、扉《とびら》がノックされた。

ふらつきながらも立ちあがり扉を開けると、そこにジョナスがいた。

「いま一番見たくない顔ね……」

ジョナスはむっとしたようだった。

「悪かったね。僕だって、君の顔なんか見たくないよ。けど伯父《おじ》さんに言われたから」

「なんなの？」

「倉庫に、今日収穫《しゅうかく》してきた砂糖林檎があるんだ。明日から精製を始めるから、今夜中にそれは水に浸《ひた》す予定だ。君がほんとうに砂糖菓子《がし》品評会に出るつもりなら、自分で精製する、銀砂糖四樽《たる》になるだけの砂糖林檎を、これから自分の樽に入れて水に浸せって」

「砂糖林檎、分配してもらえるの!?」

目を輝《かがや》かせたアンから、ジョナスは視線をそらした。

「でも、仕事をまともにしなければ、砂糖林檎は取りあげるから、覚悟《かくご》しろってさ」

それからちらりと、アンの顔を見た。

「君、できるの？　かなり疲れてるみたいだけど」

「やるわ。やりたくないって、言わせたい？」

「違《ちが》うよ。別に……そんなつもりじゃない。とりあえず、ちゃんと伝えたから」

言うと、ジョナスは去っていった。

アンは戸口から、シャルをふり返った。

「砂糖林檎をわけてもらえるんだって。行ってくる。今日収穫したものは、今日水に浸しておかなきゃ、使い物にならなくなる」

足を踏《ふ》み出したが、嬉《うれ》しさとはうらはらに、どうにも体に力が入らなかった。

それでもアンは寮《りょう》を出て、倉庫に向かった。

倉庫に山積みされた砂糖林檎は、手押し車で作業棟に運ばれ、水にほうりこまれている。

アンは箱形馬車から自分の樽を降ろすと、それらを作業場の隅《すみ》に運んだ。

樽に水を張り、手持ちの銀砂糖を加える。

手押し車も借りて、倉庫内の砂糖林檎の山から、必要な砂糖林檎を運んだ。

そして次々、樽の水に浸した。

銀砂糖四樽分の砂糖林檎となると、普通《ふつう》の大きさの樽で十樽分は、水に浸す必要がある。かなりの数だ。アンの手持ちの樽では数が足りないので、工房《こうぼう》の樽も借りた。

腕《うで》が痛くて、なかなか作業が進まない。そのうえ、たびたび立ちくらみがして、ときおり立ち止まっては休んでしまった。

作業を終えたのは真夜中だった。

誰《だれ》もいなくなったがらんと広い作業場で、ランプが一つだけ灯《とも》っている。

灯《あか》りの下で、水に浸された砂糖林檎の分量を、ざっと計算する。ぴったり四樽分の銀砂糖が精製できるだけの砂糖林檎を、水に浸していた。

――これで、わたしの銀砂糖が作れる。

ほっと息をつく。

立っているのも限界だった。ちょっとだけ休もうと思った瞬間《しゅんかん》、壁《かべ》を背にしてその場に座りこんでいた。石が敷《し》かれた床《ゆか》は冷たかったが、動けなかった。このまま眠れそうだ。

瞼《まぶた》が落ちて、意識が遠のく。と、突然体が、ふわりと浮《う》いた。

必死に瞼を開くと、すぐ近くにシャルの顔があった。ふわふわと体が揺《ゆ》れる。

彼に抱《だ》きかかえられているのだとわかった。

「シャル……」

名を呼ぶと、彼はアンを見おろした。

「寝《ね》ていろ」

「でも、……重いよ」

「重くない。寝ろ」

その言葉に従うしかなかった。体力の限界だった。目を閉じると、心地《ここち》よい揺れに身をゆだねた。ベッドにおろされた感触《かんしょく》がして、体の上に毛布がかけられる。暖かい。

そして。そっと瞼に、冷たいなにかが触《ふ》れた。

それを意識するかしないかのうちに、アンは眠っていた。


ミスリルをベッドの端《はし》に押しやり、空いた場所にアンをおろすと、毛布をかけてやった。

アンは青白い顔で、気を失うように眠ろうとしている。

シャルはアンのうえにかがみこみ、その瞼に口づけた。

彼女の眠りが、健《すこ》やかであるように。祈《いの》りながら。

窓辺にある椅子《いす》に座ると、シャルはしばらくアンの寝息を聞いていた。

——あいつが言ったように……。教えないほうがいい。

月の明るい夜空を見あげた。

——これ以上、こいつに重圧をかける必要はない。

昼間。キースが語った言葉を思い出す。

『そうだよ。彼女は今年銀砂糖師になれなければ、永久になれないかもしれない』

月の光が、シャルの頰《ほお》を照らす。冷たい光だ。背の羽も月光を受け、青白く光る。

『アンは、目立ちすぎたんだ。昨年の品評会と、前フィラックス公の件で、嫉妬《しっと》の対象になってる。強力な商売敵《しょうばいがたき》とも、みなされている。彼女自身には、そんな自覚はないだろうけど。今年の事情が伝わらなかったのでも、わかると思うけど。ほとんどの砂糖菓子職人が、彼女が、早々に潰《つぶ》れてくれればいいと思っているよ』

キースはあの時、自分の語る事実に怒《いか》りを覚えているような、きつい顔をしていた。

『もし今年、例年通り砂糖林檎を各自で確保することになっていたら、アンは絶対に、砂糖林檎を確保できなかった。そのくらいの妨害《ぼうがい》を受けただろうね。だから、今年は幸運だったんだ。共同の精製作業に参加すれば、砂糖林檎が手に入る。でも、来年からはこうはいかない。来年、彼女が自分で砂糖林檎を手に入れようとしても、絶対に無理だ』

指を額にあて、シャルは軽く溜息《ためいき》をつく。

『もし銀砂糖師になっていれば、話は別だ。銀砂糖師は、国王が認めた砂糖菓子職人だ。一般《いっぱん》の砂糖菓子職人が下手《へた》な妨害をしたら、銀砂糖子爵《ししゃく》に罰《ばっ》せられる可能性もあるからね。だから彼女は今年、銀砂糖師になれなければ……、来年からは砂糖菓子職人としてやっていくことすら、難しくなる。けれどね』

そしてキースは、さらに真剣《しんけん》な目をした。

『だからって、僕は手加減をするつもりはない。彼女も、手加減なんか望まないだろう？　もし僕だったら、手加減されて手に入れた王家勲章《くんしょう》なんて、欲しくない』

アンがキースに勝《まさ》る作品を作れば、問題ない。彼女は銀砂糖師となり、未来へ続く一歩を踏み出せる。

だが、銀砂糖師になれなかったときには？

去年のように、一年後があると言うことは出来ない。

そんな重圧を与《あた》えて、それが良い効果をもたらすとは限らない。だからキースは、シャルと別れるまぎわに注意したのだろう。『あのこと、黙《だま》っていて』と。

すやすやと眠るアンの顔を見て、強く思う。彼女の未来を、閉《と》ざしたくない。

アンがみじろぎしてわずかに呻《うめ》いて、腕をかばう仕草をした。

そういえば彼女は食事中、腕もろくにあがらない様子だった。

——確か、濡《ぬ》れた布で冷やしておけば痛みがよくなると聞いた気がする。

冷やしたり温めたりして、体がどうにかなるというのは、妖精《ようせい》には理解できない現象だ。けれどそんなことでよくなるものならば、やってやるべきだろう。

桶《おけ》を手に、静かに部屋を出た。寮の脇《わき》には井戸《いど》があり、自由に使えるようになっていた。

井戸につるべを落とす。

月の明かりで、井戸の縁《ふち》にシャルの影《かげ》が落ちている。その影に重なるように、誰かが背後に立った。

かなり前から、人の気配はあった。しかし殺気がなかったので、無視していた。

「……あの」

か細い女の声が、呼びかける。

振《ふ》り向きもせず、シャルはつるべを引きあげ、桶に水を移す。

「あの」

「少し待て。すぐにかわる」

「水じゃないの。あなたに……」

言われて、シャルはようやく女の方へ顔を向けた。

その女は、夕食を配っていた女だった。顔を覚えていたのは、彼女の薄《うす》い色の金髪《きんぱつ》が印象的だったからだ。彼女の髪《かみ》を見た瞬間、成長したリズの髪を思い出した。

「なにか用か」

無視せずにそう訊《き》いてしまったのは、その髪の色のせいかもしれなかった。

「わたし、母屋《おもや》に泊《と》まってるの。今、そこの窓から外を見ていたら、あなたが水を汲《く》みに来たから驚《おどろ》いたの。……ひどいわ」

彼女が、なにを言いたいのか分からなかった。

「こんな夜中に、働かされているなんて。ひどい」

同情の目で見あげてくる少女に、笑いだしたくなった。馬鹿《ばか》馬鹿しい。

相手をする必要はないと判断して、シャルは彼女の横をすり抜《ぬ》けようとした。

するとと少女は、あわてたように再び、シャルの前に立ちふさがった。

「待って！　もしあなたが、あのアンって子に使役《しえき》されているのがいやなら、わたしが、あなたを買ってあげる！　わたしだったら、あなたをこんな夜中に働かせたりしない。いつだって、働かせないわ。うちで一番いい部屋に住まわせてあげるし、砂糖菓子《がし》をいっぱいあげる。なにをしろとも言わないわ。わたしが、あなたを買ってあげる」

――買ってあげる？

彼女の言葉に、瞬時《しゅんじ》に怒りがこみあげた。シャルの雰囲気《ふんいき》が変化したのを、少女は感じたらしい。恐《おそ》れるように青ざめると、一歩後退する。

シャルは微笑《びしょう》していた。その微笑に、冷酷《れいこく》さがにじむ。

一歩、シャルはちかづくと、少女の鼻先に顔を近づけた。低く囁《ささや》く。

「俺を、飼うつもりか？」

睦言《むつごと》のようにすら聞こえる甘い声に、少女は怯《おび》えながらも答えた。

「そんな……ただ、わたしは。あなたを、なんとかしてあげたいの」

「よけいなお世話だ」

シャルは彼女の脇をすり抜けた。

歩み去りながら、もし、アンと出会っていなければ、自分はあの少女をどうしただろうかと思う。散々思わせぶりにしたあげく、正面から首を刎《は》ねるような残忍《ざんにん》な真似《まね》をしたかもしれない。少女の言葉は、そのくらい腹立たしかった。そのくらい人間らしかった。

歩みが自然と速まる。眠《ねむ》っているアンの顔を、はやく見たかった。

この苛立《いらだ》ちを、アンの存在でなだめて欲しかった。


「鍋《なべ》をあけるんだ！」

毎日、腕《うで》があがらなくなるほど、アンは柄杓《ひしゃく》で灰汁《あく》を取り続けていた。

六日目のその日も、汗《あせ》だくで灰汁をすくっていたのだが、突然《とつぜん》、足場の下から怒鳴《どな》られた。

見おろすと、サミー・ジョーンズがいた。

「いつまでぐずぐず灰汁をすくってるんだよ！　他《ほか》の二つの鍋は、もう次のぶんにとりかかってるのに。ここだけなんでこんなに時間がかかってるんだ!?」

サミーは足場をのぼると、アンが灰汁をすくっている鍋を見おろした。

「充分《じゅうぶん》じゃないか。鍋をあけて、新しいものを煮《に》ろよ」

「でも、縁の泡《あわ》を全部とらないと、出来あがりの味に、少し苦みが」

「少しだろうがよ！」

サミーはアンの手から柄杓をもぎ取ると、肩《かた》を突《つ》き飛ばした。アンはよろけて、足場を踏《ふ》み外した。

あっと思う間もなく、背後から土間に落ちていた。腰《こし》をしたたか打ち、顔を歪《ゆが》めた。

「なにが苦みだよ。こんだけ大量に作ってたら、鍋ごとに、銀砂糖の質は変わるんだ。全部混ぜちまうんだから、良かろうが悪かろうが、混ぜれば均一な銀砂糖になるんだ。そんなこともわかんないのか」

まわりにいた職人たちが、サミーの言葉に同意するかのように、笑いだす。

もめごとは、よくない。他の職人と問題を起こしてはいけない。逆らわないのが、一番いい。そうと分かっていながらも、黙っておられなかった。

「でも、だからって、全部の鍋の品質を落としたら、均一にしたときの品質がぐんと下がるじゃない。それなら少しずつでも全部品質を良くすれば、均一にしたときの品質は上がる。無駄《むだ》じゃない」

「だから、そんなこと言ってるわけじゃないんだよ。どうせ今年の銀砂糖は、大量生産品なんだよ。そんなものの品質にこだわって、どうするんだ」

——どうせ？

怒《いか》りがこみあげる。

――じゃあ、来年の砂糖菓子は全部、どうせ大量生産品だっていわれた銀砂糖で、作られるの？ なら来年、大切な日のために砂糖菓子を買った人たちは、どうせって言われた銀砂糖の砂糖菓子を買うの？ 一生に一度しかない、大切な日の砂糖菓子も？

尻餅《しりもち》をついたまま、床《ゆか》についた手を握《にぎ》りしめる。

平たい石の器《うつわ》を手に、ちょうど脇を通りかかったジョナスが呟《つぶや》く。

「よけいなこと言わずに、黙ってればいいのに」

アンはきっとジョナスを睨《にら》んだ。

「黙っていて、いい銀砂糖ができるなら、そうするわ！」

遠慮《えんりょ》なく馬鹿《ばか》にされると思ったが、意外にもジョナスは押し黙った。ばつが悪そうに、視線をそらす。

こちらに背を向けたサミーにさらに食い下がろうと、腰を浮《う》かしかけた。

と、それを阻《はば》むように、目の前にすいと手が差し出された。

「君、そろそろ休憩《きゅうけい》じゃない？ アン。僕も休憩だから、一緒《いっしょ》に行こう」

にっこりと笑ってこちらを見おろしているのは、キースだった。

「キース。でもっ……！」

彼はアンの手をとって立たせると、ぐいぐい手を引いて作業棟《とう》の外へ連れ出した。

「キース、待って。今のままじゃ銀砂糖が！」

庭に出ると、キースはやっと手を離《はな》した。

そして作業棟にとって返そうとするアンの肩を、なだめるように軽くひきとめる。

「落ち着いてアン。大丈夫《だいじょうぶ》。監督《かんとく》をしているのは、ヒングリーさんと、コリンズさんだ。できあがりの質が落ちているのには、とっくに気がついてる。もう、原因も突き止めてる。もうすぐ竈《かまど》の作業に関《かか》わる全員に、厳しい指導が入るよ。君が憎《にく》まれ役を買って出ることない」

「そうなの？」

ふり返ると、キースは安心しろというように頷《うなず》いた。

拍子抜《ひょうしぬ》けした。その気の抜けた顔を見て、キースはくすりと笑った。

「君、いっぱいいっぱいだろう？　周りがあまり見えてないみたいだね」

指摘《してき》され、どっと疲労感《ひろうかん》が背中にのしかかってきた。

溜息《ためいき》をついて、庭木の下に腰を下ろす。

「そっか……キャットは気がついているのね。当然よね……よかった。わたしが、馬鹿みたいなのね。むきになって」

この六日間。昼間の重労働のために疲《つか》れきっていた。

その上夜には、自分の銀砂糖を精製する作業もある。毎日二、三時間しか寝《ね》ていない。

男の体力と力というものを、これほど痛感させられたことはなかった。アンがぎりぎりこなすことを、男の人はあっさりとこなしてしまう。砂糖菓子職人の世界に女がいないのは、宗教的な理由よりも、この体力差が一番の原因なのではないかと思えてくる。

けれど彼らと同じだけの仕事量は、どんなに体が悲鳴をあげてもこなした。

手を抜くこともいやだった。

作業場から閉め出されかかったアンは、キャットのひと言で、どうにか仕事に加われたのだ。もしここで仕事量や仕事の質が他の職人たちに劣《おと》れば、彼のひと言が無駄になる。

意地でも、仕事の質を落とすまいとしていた。体力の限界まで気力を絞《しぼ》っているから、周囲の様子をそれとなく探《さぐ》るなんて芸当も出来ない。

するとキースはアンの隣《となり》に腰を下ろし、雑草の葉をちぎると指先で弄《もてあそ》ぶ。

「気にすることないよ。それは仕方ないことだ。君は女の子で、男との体力差はどうすることも出来ない。けどそれが悪いってわけじゃない。要するに、自分のできる範囲《はんい》で、手を抜かなきゃいいんだ。だからラドクリフさんも、君から砂糖林檎《りんご》は取りあげてないだろう？　あの人は厳しいけれど、そういうところはちゃんと見ている。で、どうなの？　君の銀砂糖精製終わった？」

「うん。昨日の夜に、なんとか四樽《たる》分の銀砂糖ができた」

この六日間で、それだけは完璧《かんぺき》にこなしたと思っている。

けれどそのために、昼も夜も、ほとんど休む暇《ひま》がなかった。シャルともミスリルとも、ろくに会話すら出来ない。

「今夜からいよいよ砂糖菓子《がし》の制作だね。君が、どんなものを作るか楽しみだ。僕と君、どっちがいい物を作るかな？」

優《やさ》しいキースの微笑《ほほえ》みには、すこしだけアンに挑《いど》むような雰囲気《ふんいき》があった。

彼は自分に自信があるのだろう。だからこうやって、勝負を楽しめるのだ。

その自信が羨《うらや》ましかった。

アンは銀砂糖を精製しただけで、疲労困憊《ひろうこんぱい》している。作品作りにまで、考えが及《およ》んでいなかった。これからなにを作ればいいのか、まったく見当もつかない。

しかし、自分が作りたいと思うものは当然ある。

アンは今、シャルをそのまま、砂糖菓子にしてみたかった。

シャルの綺麗《きれい》な横顔を思い浮かべると、彼をそのまま銀砂糖で形にする作業は、どんなに嬉《うれ》しいだろうかと思う。彼の髪《かみ》や羽や、頰《ほお》に触《ふ》れるように、自分の指先で彼の形を作り出すのだ。

しかしシャルをモデルにして、すでにキースが砂糖菓子を制作している。

同じものを作って、果たして、キースに勝てるだろうか。

「なんでキースは、シャルをモデルにしようなんて思ったの？」

アンがシャルを砂糖菓子で作りたいと思うのは、彼に対する愛着が大きいからだ。

キースのように思慮深《しりょぶか》そうな人が、単純にシャルが美しいからという理由だけで、彼をモデルにしようと、あんなふうにいきなり決めるはずがないと思えた。

「ああ、簡単だよ。妖精《ようせい》だからだ。しかもとびきり美しいし、強さもある。王家の人々の心をひきつけるには、理想的なモチーフだ。彼を見た瞬間《しゅんかん》、これだと思ったよ」

「妖精だから？」

「そう。王家の人々は、妖精をモチーフにした砂糖菓子を好む傾向《けいこう》がある」

「よく知ってるわね、そんなこと。有名な話なの？　それって？」

「わりに知られてるね。国教会の本山の、聖ルイストンベル教会に行ってみると、王家と砂糖菓子に関する本とかあるよ。そうだ。ねえ、休憩ついでに、僕の作品見る？　作りかけだけど」

「見ていいの？」

「君はシャルと親しいからね。彼の雰囲気が表現できているか、見て欲しい。来て」

手にある雑草の葉を捨てると、キースは立ちあがり、アンの手を引いた。

キースの部屋は、アンの部屋と同じ作りだが、そろえられている家具や寝具《しんぐ》が、かなり贅沢《ぜいたく》だった。しかも、きちんと整頓《せいとん》されている。彼の気質がそのまま現れているような部屋だった。

「これだけど。どうかな？」

テーブルのうえに置かれた作品は、布をかけて保護されていた。それをめくったキースは、アンを促《うなが》して作品の前に立たせた。

「……あ……綺麗……」

大きさはアンの身長の半分ほど。祝祭用の砂糖菓子としては、最大の大きさだろう。

波が立つように風に吹《ふ》き散らされる草を表現した台座のうえに、しなやかな体つきの妖精が、片膝《かたひざ》と片手をついて、じっと身を低くしてなにかを狙《ねら》うように身構えている。背には、銀灰色《ぎんかいしょく》の一枚の羽。

細かな顔かたちや、髪の毛の表現は、まだ出来ていない。しかし強さと優雅《ゆうが》さのある、その雰囲気だけは充分《じゅうぶん》に伝わる。

――これに、シャルの髪や、睫《まつげ》や、瞳《ひとみ》や。そんなものが細かく細工されたら……。

想像すると、息が苦しくなるようなときめきすら感じる。

――すごい。

自分がもし、同じようにシャルをモデルにしても、果たしてこんなできばえになるだろうか。いや、もしかしたら出来るかもしれない。けれど同じようなできばえの似た作品が二つあっても、それは互《たが》いの魅力《みりょく》を相殺《そうさい》して、互いが不利になる。

アンがシャルをモチーフにして、自分の作品を作るのは得策ではない。

――じゃあ、わたしは、なにを作ればいいの？　今、シャル以外に作りたいモチーフなんかないのに。

突然《とつぜん》、焦《あせ》りが胸の中に吹き出す。

時間は、さほどない。六日間も銀砂糖の精製についやした。指折り数えてみたら、砂糖菓子品評会までの残り日数は、二十日と少ししか残っていない。しかも作業時間は夜の数時間のみだ。

「どう？」

窓辺から、キースが問う。

アンは焦りを抑《おさ》えつけて、微笑んだ。

「うん。すごい。シャルの雰囲気が良く出ている」

「君にそう言ってもらえるのは、嬉しいよ。安心する。僕は完璧に、彼の姿を再現するつもりだから」

そこでキースは、おやっというような顔をして、窓の外に視線を向けた。

「あれ、シャルじゃないか？」

アンやキースが共同作業をしている昼間、シャルはアンの部屋で一人過ごすのが常だった。彼が昼間、出歩くのは珍《めずら》しい。

「え？　今の時間なら、シャルは部屋にいるはずなんだけど」

言いながらアンは、キースがいる窓辺に近寄った。窓からは、裏庭と逆方向にある寮の裏口が見えた。

確かにシャルがいた。そして、もう一人。金髪《きんぱつ》の美しい少女が、彼の目の前にいた。

二人は何事か話をしているらしく、庭木の下に立っている。

「あれは、ブリジットさん？」

意外な人物とシャルが話をしているのに、驚《おどろ》いた。と、その時。ふいにブリジットが、シャルに抱《だ》きついた。

どきりと、胸が強く鼓動《こどう》した。なぜかうろたえて、目をそらしてしまった。

——あれ。なに？

胸がうるさく騒《さわ》ぎ出す。

キースが興味深そうに、身を乗り出した。アンはあわてて、キースの腕《うで》を引いた。

「キース。わるいわよ、見ちゃ！」

「え？　そうかな」

「そうよ！　さあ、帰ろう。あんまりサボってたら、キャットにどやされちゃう」

「ああ、そうだね」

言われるとキースは窓辺から離《はな》れた。

キースとともに作業棟《とう》に帰りながらも、アンはひどく混乱していた。

——なんであの二人が？　いつ、知り合いになったの？……だめだ。そんなこと考えてちゃ。わたしは、作品を作らなくちゃならないのに。

ブリジットの綺麗な金髪が、目の前にちらつく。

もない。

——シャルは、言ってた……。リズは、きれいな金髪だったって……。

ふいに、泣きたいような気分になった。

シャルに好かれたいとか、恋人《こいびと》になりたいとか、大それた思いは抱いていない。けれど彼が、美しい金髪の娘《むすめ》と一緒《いっしょ》にいる姿を見ると、絞《しぼ》られるように胸が痛む。その痛みは、どうしようもない。

——いけない。考えちゃいけない。作品を作らなくちゃ。でもわたしは、作るべきものすら見えていない。

ついつい、歩みが遅《おそ》くなっていたらしい。庭に出ると、前を歩くキースとの距離《きょり》はかなり開いていた。キースは途中《とちゅう》でそれに気がついたらしく、駆《か》け戻《もど》ってきた。

「アン。どうしたの？」

心配そうに、顔を覗《のぞ》きこまれる。

「あ、ううん。なんでもない」

顔をあげて無理に笑おうとした。

するとその目の前で突然、キースがパンッと手を打ち鳴らした。音と空気の振動《しんどう》にびっくりして目を見開くと、キースはにこりとした。

「行こう！　走るよ！　仕事だ！」

キースはアンの手をとって、走り出した。アンは引かれるままに、一緒に走り出した。全速力に近い速さに、アンは転ばないようについていくのがやっとだった。

走り出してすぐに、風を切るのが気持ちいいと、気がついた。

作業棟の前まで一気に駆けてくると、キースは立ち止まり、アンも止まった。

呼吸を整えながら、アンはちょっと笑った。

「手加減なしじゃない？　転ぶかと思った」

「でも、君は転ばなかった。仕事の前だ。悩《なや》み事は、走って置き去りにする方がいいよ」

キースはアンの手を離すと、そっと両肩《りょうかた》に手を置いた。

「でも、悩み事は置き去りにしても、いつか戻ってくるものだから。僕でよければ、話くらい聞いてあげられる。解決できるかどうかは、わからないけどね。だから仕事に集中して、いいものを作って。僕と競《きそ》おう。いいね」

優《やさ》しく見おろしてくれる彼に、誠意を感じる。ほっと気持ちが落ち着いた。

「ありがとう。キース」


シャルを呼びに来たのは、キャシーだった。

母屋《おもや》の人間が、アンのことでシャルに話があるから、寮の裏口に出てこいというのだ。無視しようかとも思ったが、アンのことだと言われたのが気になった。

仕方なく部屋を出た。キースの部屋の前を通ったときに、中に人の気配があり、キースの声が聞こえた。休息時間なのだろうと、特に気にはしなかった。

裏口を出ると、軒下《のきした》にブリジットがいた。彼女はシャルの姿を見るなり、こちらに駆け寄ってきた。ちょうど庭木の下で、彼女と向かい合った。

「ごめんなさい。キャシーに頼《たの》んであなたを呼んだの、わたしなの」

うんざりした。背をむけようとしたその腕を、ブリジットが摑《つか》んだ。

「わたし、誤解していたの。あなた、あのアンって子に使役《しえき》されているんじゃないのね？　キャシーから聞いたのよ。あなたを買うなんて言ったの、謝りたくて」

「謝罪は必要ない。離せ」

「怒《おこ》ってるのね？」

怒っているのではない。ただ、うっとうしいだけだった。

「離せ」

ブリジットは真剣《しんけん》だ。うるんだ瞳でシャルを見つめる。

「聞いて。わたし、婚約《こんやく》者がいるの。一族に、この人と婚約しろと言われて、素直《すなお》にしたの。だって、好きな人なんかいなかったんだもの。好きっていう感覚も、よくわからなかったし。だけど、わたし。はじめてあなたを見たとき、とても……ドキドキして。ほんとうにどうしていいか、わからないくらい。これが好きって感覚なんだって、初めて分かったの。わたし、あなたが好きだわ。本当に好きなの」

そう言いながら、感情の高ぶりを抑えられなくなったのか、ブリジットは突然シャルの胸に飛びこむようにして抱きついた。シャルは冷えた目で、彼女を見おろした。

「あなたが自由の身なら、あなたはあなたの意志で、なんでもできるんでしょう？」

「だから、なんだ？　気持ちを受けいれて、キスでもして欲しいのか？　おまえは、もし俺が人間なら、こんな方法に出たか？」

「……え？」

ブリジットは、意味が分からないというように困惑《こんわく》した表情になった。ここまで言っても分からないということは、この女は、芯《しん》から人間らしい人間ということだろう。

「呼び出して、好きだと言って、なにかを望むのか？　相手がもしキース・パウエルやアルフ・ヒングリーだったら、おまえはこうしたか？」

「あの人たちには、そんなことしない。恥《は》ずかしいもの。拒否《きょひ》されたら、そのあとはどうしたらいいかわからなくなるから。あなただから……」

「妖精《ようせい》だから、恥ずかしくないか？　愛玩《あいがん》妖精を買うのと、変わらないというわけか」

「あ……ちがう。そんな意味じゃなくて」

「俺が欲しければ、羽を奪《うば》って命じろ。おまえを愛せとな」

ブリジットを突《つ》き放すと、きびすを返した。

苛立《いらだ》たしい気分を抑《おさ》えられず、部屋に帰る気にもならない。

――人間は……どこまでも、人間だ。

シャルはそのまま寮《りょう》をまわって、裏庭に出ようとした。すると庭の真ん中を突っ切っていく人影《ひとかげ》に気がついた。

アンとキースだった。キースに手を引かれ、アンは懸命《けんめい》に走っていた。そして作業棟に到《とう》着《ちゃく》すると、アンは息を整えながらキースをふり仰《あお》いだ。キースも何事か答えて、そして彼女の両肩に手を置いた。

アンは嬉《うれ》しそうに、微笑《ほほえ》んでいた。屈託《くったく》のない笑顔《えがお》だ。

からりと晴れた午後の光に照らされる彼らは、とても清らかで自然だ。

泥《どろ》を被《かぶ》ることなく、きれいな道を歩き、それゆえに高潔な精神を持つキース。その彼を見あげるアンの笑顔の明るさに、胸を突かれた。

人間という種族とアンを、シャルは切り離して考えがちだ。けれどアンは間違《まちが》いなく人間で、人間は、人間の仲間としてその中にあるのが最も自然なのかもしれない。

シャルとミスリルと一緒にいることのほうが、アンにとっては不自然なのかもしれない。

アンにとっての幸福は、こうやって人の中で、キースやヒューのような人間たちと一緒に、砂糖菓子《がし》職人として生きていくことなのかもしれない。

けれど、ヒューやキースに彼女を任せることを考えると、腹立たしくてならない。

――なぜ?

リズの幸福を考えていたとき、もし彼女が幸せに生きられるなら、信頼《しんらい》できる人間に任せたいと心から願っていた。彼女の幸福だけを、純粋《じゅんすい》に喜べた。

なのになぜ。アンを幸福にできる人間がいたとしても、その人間に彼女を任せると考えると、こんなに腹立たしくなるのか。まるで人間の子供だ。大事なものの未来や幸福も考えず、ただ手放したくないと、だだをこねるようなものだろう。握《にぎ》りしめていれば、いつか弱り、死んでしまうかもしれないのに。

アンに対してだけ、なぜこんなに身勝手な気持ちになるのだろうか。

――手放したくない。ずっと……。

そんな思いが、心の中をたゆたっている。それは、ただの寂《さび》しさからだろうか。

それも少し違《ちが》う気がした。

四章　祖王と妖精王の伝説

明日は七日に一度もらえるという、お休みの日だった。やっと体を休めることができるのが、なによりも嬉しかった。

疲《つか》れていたが、少しだけ軽い気分で夕食を持って部屋に帰った。けれどすでにシャルは先に食事を済ませ、キースに呼ばれ、彼の部屋に行っていた。

アンはミスリルと二人で食事をとった。

自分で精製した銀砂糖は、四樽《たる》ちゃんと自分の部屋に置かれている。作品を作る準備は出来ている。しかし食後も、銀砂糖に手を触《ふ》れる気が起こらなかった。

――わたし、なにを作ればいいのかな？

その焦《あせ》りだけが、胸の中に重く居座っている。

――作りたいものはシャル……。けれどシャルは、キースが。それに、シャルは……。

考えようとしても、ついシャルとブリジットの姿を思い返してしまい、息苦しくなる。

軽く頭を振《ふ》って、その映像を追い散らす。

「ねぇ、ミスリル・リッド・ポッド。散歩に行かない？」

誘《さそ》うと、ミスリルはにぱぁと笑った。

「うん。いいなぁ、シャル・フェン・シャルの奴《やつ》がいないところで、二人で散歩なんて」

いそいそとアンの肩《かた》に乗ったミスリルとともに、裏庭に出た。

月が、真っ二つに折られたような姿で空に浮《う》かんでいる。月が欠けてゆくのは、なんだか切なかった。冷たい風が吹き、裏庭を囲む落葉樹が、乾《かわ》いた枝をすりあわせて鳴る。

すこし肌寒《はださむ》い。両腕《りょううで》を抱《だ》くようにしてさすった。

「アン。近頃《ちかごろ》シャル・フェン・シャルと、なんかいい事あったか？」

もの悲しい気分で月を見あげているアンに、ミスリルは脳天気な質問をした。

「……ひとつもない」

どんよりと答えると、ミスリルは意外そうな顔をした。

「え？　そうか？」

「だって、忙《いそが》しくて。ろくに話もしてないし」

「でもこの前の夜、俺、寝《ね》ぼけてたけど。シャル・フェン・シャルの奴がアンに……見間違《みまちが》いかな？　暗かったし。ま、そうかな。あいつがそんなことするとは思えないしな。いや、もしかして。あいつはあいつなりに、スケベなのかも……」

一人でぶつぶつ言いながら、なにか考えていたかと思うと、いきなりぽんと手を打った。

「そうだ！　いっそ、アンがせまってみろ」

「せまるっ!?」

なぜそうなるとつっこむ前に、ミスリルは自信満々で拳《こぶし》を握りしめ、力説した。

「俺が、部屋からなにげなく出て、一晩留守にしてやるから。その時に、せまっちゃえ。好きです、とかなんとか言って、キスの一つでもねだれ。奴もほだされて、既成事実《きせいじじつ》から恋《こい》が実るはずだ！　そうだ、間違いない。なんで今まで思いつかなかったんだ！」

ミスリルの恩返しが、妙《みょう》な方向のアドバイスになっているので、アンは額を押さえた。

「あ〜。うん……気持ちは嬉しいけど、ないと思う。シャルがほだされるとか」

「俺なら女の子に好きって言われたら、どんなかかし相手でも、ドキドキするけどな」

「ていうか……、やっぱりかかしなんだ、わたし……」

その時、別の寮の建物から誰《だれ》かが出てきた。その人物はアンたちの方に歩いてくると、躊躇《ためら》うように足を止めた。

「君、なにしてるの？」

薄《うす》い月明かりに照らされているのは、ジョナスだった。肩にキャシーが乗っている。

「別に、ただの散歩よ」

ジョナスは片手に、様々な太さのへらを握っていた。砂糖菓子の制作棟に行く途中《とちゅう》なのだろう。

個室を与《あた》えられていない職人で、砂糖菓子品評会に参加希望する者は、工房《こうぼう》の砂糖菓子制作棟《とう》の一隅《いちぐう》で、自分の砂糖菓子の制作作業を行うことになっている。

ジョナスは個室がないので、そこで作業をする必要があるのだ。

「散歩？　お気楽にふらふらしているあなたなんかと違って、ジョナス様はこれから作品作りよ。あなたは、もう作品作りを諦《あきら》めたの？」

キャシーが、いつものようにアンを小馬鹿《こばか》にした。

「うるさい。黙《だま》れ、ブス！」

ミスリルが舌を出すと、キャシーは目をつりあげた。

「言ったわね。チビっ！」

「キャシー。もう、いい。黙れ」

ジョナスが力なくたしなめた。そしてうつむき、ぼそりと言った。

「僕はこれから作品作りだよ。今年こそ、きちんとした作品を作る。どうせ君も、作るんだろうけど。僕なんか、目じゃないって顔して。僕だって君みたいに馬鹿だったら……」

「ジョナス？」

強気な発言を予想していたのに、卑屈《ひくつ》で弱々しい言葉だった。

「僕はやっぱり、君のこと嫌《きら》いだ」

寂しそうな表情で、ジョナスはアンから視線をそらしたまま、制作棟の方へ歩いていった。

それを見送り、ミスリルが首を傾《かし》げる。

「どうした？　あいつ。悪いもんでも食ったのかな」

ラドクリフ工房でのジョナスの立場は、微妙《びみょう》だった。マーカス・ラドクリフの甥《おい》で、そこそこ腕《うで》もある。にもかかわらず、大部屋に寝起《ねお》きしている。一方のキースは個室に入っている。ジョナスには、マーカス・ラドクリフの甥であるという事実が重圧になっているのかもしれない。派閥《はばつ》の長《おさ》の甥なのに、と、周囲も見ている。

ラドクリフ工房派の職人たちはキースには遠慮《えんりょ》をするが、ジョナスには遠慮がない。甥であるジョナスをさしおいて、キースが次期長になると噂《うわさ》されている。もしキースが次期長に選ばれたら、ジョナスの立場はなくなる。

「ジョナスも、いろいろあるんだよね。たぶん」

ジョナスが抱《かか》えているのも、焦りなのだろう。もっと腕を磨《みが》かなければ、もっといい作品を作らなければ、と。

――みんな、焦って。苦しんでるのかもしれない。あんなに泰然《たいぜん》としているキースだって、無意識にでも、自分の作るものへの焦りや不安はあるに違いない。そうでなければ、わたしに作品を見てくれなんて、言わないはず。わたしだって誰かに自分の作品を確認《かくにん》してもらいたいのは、不安なときだもの。

アンはもう一度月を見あげて、瞼《まぶた》を閉じた。

月明かりがうっすらと、瞼を通して輝《かがや》いているのを感じる。

——考えよう。ゆっくり。

シャルに抱きつくブリジットの、幸せそうに染まった頰《ほお》の色を思い出す。

——砂糖菓子《がし》。つくるの。わたしは。つくりたいもの、すてきなものを、つくるの。

雑念を振り払《はら》い、思考を巡《めぐ》らせる。

——砂糖菓子品評会は、王家の主催《しゅさい》。だから王家のために作るんだ。王家は妖精《ようせい》の砂糖菓子を好むって、キースは言った。妖精は、わたしも好き。シャルもミスリルも大好き。だから彼らを作りたい。でも……。

ふっと、目を開く。月は相変わらず、白い光を放つ。

——王家は、どうして妖精の砂糖菓子を好むの？

思い出したのは、前フィラックス公爵《こうしゃく》アルバーンのことだった。

アンは彼が、肖像画《しょうぞうが》の妖精を砂糖菓子にして欲しいと願った理由を、考えようともしなかった。そのために、とてつもない遠回りをした。

「理由だわ」

アンの呟《つぶや》きに、ミスリルが首を傾げた。

「は？　理由？」

「王家が、妖精の砂糖菓子を好む理由。わたし、それを、調べなくちゃいけない」

「なんのことだ？」

「砂糖菓子のことよ。すくなくとも、明日するべきことはわかったの」

首をひねるミスリルに、アンは微笑《ほほえ》んだ。

「部屋に帰ろうか。明日、やらなくちゃならないこともあるし。早く寝よう」

部屋に帰ると、シャルがキースの部屋から戻っていた。

窓辺に座ってぼんやりしていたらしく、扉《とびら》を開けると、すこし驚《おどろ》いたようにこちらに視線を向けた。

「シャル。帰ってたの？　今日は、はやいね」

シャルを見ると、昼間の彼とブリジットの様子を鮮明《せんめい》に思い出す。なんとなく息苦しいのをこらえて、平静を装いベッドに腰《こし》かけた。

「あの坊《ぼう》やでも、疲《つか》れるらしい。今日は早めにきりあげて、休むそうだ」

なぜかシャルも覇気《はき》がない。しかも微妙に、アンのほうを見ようとしない。

二人の間に見えない壁《かべ》があるように、気まずい沈黙《ちんもく》が落ちた。

それがいたたまれなくて、アンはつとめて明るい声を出した。

「あ、そうだ。二人とも。明日、わたし聖ルイストンベル教会に行こうかと思うの」

するとアンの肩《かた》からおりて、もそもそとベッドにもぐりこもうとしていたミスリルが、がばっと跳《は》ね起きた。

「えええ!?　なんでだよ、明日一日、久しぶりに三人とも昼間に、顔をそろえてのんびりできる日だっていうのに。できれば俺は、風見鶏亭《かざみどりてい》で温めたワインを飲んで、ゆっくりしたかったのに」

ミスリルはアンの膝《ひざ》に飛び乗ると、涙目《なみだめ》で見あげてきた。

「ごめんね。でも砂糖菓子品評会の作品を作るために、必要なの。砂糖菓子品評会まであんまり時間ないし……。あ、そうだ。それならシャルとミスリル二人で行ってくる？　あそこなら二人で行っても、女将《おかみ》さんは知ってるし」

「シャル・フェン・シャルと二人きりなんて拷問《ごうもん》だ！　死んでもいやだぁ――！」

アンの膝に突《つ》っ伏《ぷ》したミスリルを見て、シャルがおもいきり嫌《いや》な顔をする。

「安心しろ。俺も、絶対に行かない」

「ミスリル・リッド・ポッド。泣かないで、ね。砂糖菓子品評会が終わったら、絶対に三人で風見鶏亭に行こう。約束するから」

アンは突っ伏したミスリルの頭を指先で撫《な》でた。するとぐすんぐすんと鼻を鳴らしながら、ミスリルは顔をあげた。甘えるようにアンの指を両手で握《にぎ》りしめる。

「絶対絶対、行こうな。約束だぞ」

「うん。約束。いいわよね、シャルも」

シャルはうるさそうに顔をしかめていた。

「そいつが泣きやむなら、どこにでも行ってやる」

投げやりなシャルの返事を聞くと、ミスリルはごしごし目をこすり、涙を拭《ふ》いた。

「俺は、それを心の糧《かて》にして生きる。アン、聖ルイストンベル教会に行ってもいいぞ」

「明日、一緒《いっしょ》に行く？」

「いや。俺は行かない。アンは、シャル・フェン・シャルと行けよ」

「どうして？　せっかくだから、三人で行こうよ」

「馬鹿だな！　アン！」

ミスリルはひょいと跳躍《ちょうやく》するとアンの肩に乗り、その耳元に囁《ささや》いた。

「シャル・フェン・シャルと二人きりで行けよ！　チャンスだ！」

「なんの⁉」

小声で問い返すと、ミスリルはぐっと親指を立てた。

「シャル・フェン・シャルにせまれ。かかしでも、アンだって女に違《ちが》いないからな」

「えっと……その件については、さっき意見を言ったと思うけど」

「がんばれ」

「じゃなくて」

アンの話はまったく聞かず、ミスリルはぴょんとベッドの上に飛び降りた。

「あー。ごほん、ごほん。シャル・フェン・シャル。明日、俺様は、一日中キャットの部屋で、ベンジャミンと親交を深めようと思うんだ。うん」

明日はちょうど、キャットとベンジャミンもお休みの日だ。

「あいつと？」

シャルは怪訝《けげん》そうに眉《まゆ》をひそめた。しかしミスリルは気にせず、さっと片手をあげる。

「シャル・フェン・シャルはアンと一緒に聖ルイストンベル教会へ行ってやれよなっ！　アン一人じゃ、心配だし。ということで、明日は二人ともしっかりな！」

それだけ言うと、ミスリルは再びもそもそとベッドにもぐりこんだ。

「……なにをしっかりしろだ？」

しばらくしてシャルが呟いた。

──言えない……。

アンの背に冷や汗《あせ》が流れた。

「ま、まあ。いいじゃない。わたしは明日、聖ルイストンベル教会に行くけど、シャルはどうする？　お部屋で休んでていいよ」

「行く。おまえが一人でほっつき歩くと、面倒《めんどう》ごとを起こしそうだ」

「人を歩く災厄《さいやく》みたいに……」

とはいうものの、一緒に行ってくれるのはやっぱり嬉《うれ》しかった。

しかしふとまた、ブリジットのことを思い出した。

「でもシャル。ブリジットさんは？　どうせ行くなら、あの人と行きたくないの？」

「ブリジット？　誰《だれ》だ、それは」

「え。ブリジットさん……もしかして、名前も知らないのに抱《だ》き合ったりしてたの？　なんとなくそんな気はしてたけど、シャルってもしかして、ものすごく……」

「ものすごく、なんだ？　そもそも、誰かと抱き合った覚えはない」

「嘘《うそ》。今日のお昼に寮《りょう》の裏で二人でいるところ見たんだもの！」

むきになって立ちあがり、シャルに詰《つ》め寄った。

するとシャルは、げんなりしたように言った。

「ブリジットというのは、あの女か。俺を買うとか、買わないとか。ごちゃごちゃうるさいから、俺が欲しければ俺から羽を奪《うば》えと教えてやった。昔から時々、あの手の人間はいる」

「そ、そうなの？」

悶々《もんもん》としていた自分が、馬鹿《ばか》らしくなる。

ほっとするが、シャルのほうはむすりとして窓の外へ視線を向ける。

「シャルがなんだか機嫌《きげん》悪そうなのは、それが原因？」

「どちらかというと、おまえだ」

「え？　なに？」

よく聞き取れなかったので問い返したが、シャルはさらに顔をそむけた。

「なんでもない。さっさと寝《ね》ろ。かかし」

シャルの暴言はいつものことで、それは彼が意識せずに口に出しているのだから、もうしかたないと諦《あきら》めていた。けれどアンの呼び方に関して、彼はかなり努力していた。

近頃《ちかごろ》かかしと呼ぶことは、ほとんどなくなっていた。

なのにあえて今彼は、かかしと呼んだ。

――なんか、意地悪してる？

意地悪される原因には、さっぱり心当たりがなかった。首を傾《かし》げた。

翌日。ミスリルは目を覚ますなり、

「ベンジャミンと親交を深めてくる！」

と宣言して、鼻息も荒《あら》く部屋を出ていってしまった。

まだ日が昇《のぼ》って間もない。この時間にミスリルの訪問を受けるキャットとベンジャミンの迷《めい》惑《わく》は、どれほどのものだろうか。彼らが気の毒になった。

聖ルイストンベル教会は、ルイストンの南端《なんたん》にある。

ルイストンの街を真南の郊外《こうがい》から眺《なが》めると、聖ルイストンベル教会が、王城を守護するように建っている。教会の鐘楼《しょうろう》の向こう側に、王城が聳《そび》えているのだ。

すらりとした円錐《えんすい》形の鐘楼を中心に、左右にやや低めの鐘楼が並んでいた。鐘楼の下に白い石造りの聖堂がある。

ハイランド王国の国の宗教は、国教と呼ばれる。一神教であり、その唯一《ゆいいつ》至高の神には形も名もない。神は神であり、それ以外ではありえないからだという。そして偶像《ぐうぞう》もない。人が想像できるような存在ではないからだという。

その国教を広め守護するのが、国教会だ。

国教会の本拠地《ほんきょち》である聖ルイストンベル教会は、学問探究の場としても知られている。聖堂を中心にして、いくつも建物がある。それらは図書館であり、聖職者である教父を育てる学校でもあり、また研究の場でもある。

図書館や教父学校は、聖職者以外はいることが出来ない。

しかし聖堂は常に開放されており、自由に礼拝出来た。

アンは聖ルイストンベル教会の聖堂出入り口に立ち、天井《てんじょう》を見あげてぽかんとした。

「おっきい」

聖堂出入り口は、常に開かれている。それは当然で、出入り口の扉《とびら》は石造りの観音開きで、アンの身長の三倍は高さがある。ちょっとやそっとで動かせるものではない。毎朝毎晩、教父たちが十人がかりで開閉しているという。

天井はさらに高く、人の足音や声がひどく反響《はんきょう》する。中心部から球状にカーブを描《えが》いており、巨大《きょだい》な傘《かさ》のようだ。

「あ……あれ……」

アンは礼拝用の長椅子《ながいす》が並ぶ中、祭壇《さいだん》へ続く真ん中の通路を歩き出した。

顔は天井に向いたままだ。そして通路を半分まで来ると、再び立ち止まった。

正面祭壇には、神を表す記号である円に十字が組み合わされた、白い石のレリーフ。

左右の壁《かべ》には、国教を守護する、過去の聖人たちの巨大な立像が並ぶ。

けれどアンの注意は、天井から逸《そ》れなかった。

天井には、絵が描かれている。光に包まれる聖人たちの奇跡《きせき》の場面が、球状の天井のあちこちに散らばっている。その中でアンの目をひきつけたのは、天井の最も高い部分。球状の中心部に描かれた絵だ。

金髪《きんぱつ》に青い瞳《ひとみ》をした逞《たくま》しい青年と、赤い髪《かみ》、赤い瞳をした妖精《ようせい》が、剣《けん》を交えている。

金髪の青年は、セドリック祖王だろう。昔、アンが国教会の休日学校で教父に教わったとおりの姿だ。金髪碧眼《へきがん》で、羽根《はね》飾《かざ》りのついた兜《かぶと》を被《かぶ》り、片手に剣、背には弓。特徴《とくちょう》的なのは右目が刀傷でふさがれていること。

妖精王と戦い人間の世界を手に入れたという、伝説の王だ。彼には神の加護があり、その加護により勝利を得たと言われている。

剣を交えている相手は、妖精王だ。

美しい妖精だった。どこかシャルと雰囲気《ふんいき》が似ているような気がするが、決定的に違《ちが》うのはその色彩《しきさい》だ。意識をひきつける黒い色彩が印象的なシャルに比べて、妖精王の赤い色彩はどこまでも強く、強すぎるがゆえに、人ははねつけられそうだった。

祖王と妖精王の戦いの場面は、国教会にはよく飾《かざ》られている。

どこの教会でも、剣を交える二人の姿は勇敢《ゆうかん》だったが、そのわりに二人の表情は、とても哀《かな》しげに描かれていた。アンは常に、それに違和感《いわかん》を感じていた。

エマと立ち寄る村や町で、アンはその土地その土地の教会が主催《しゅさい》する休日学校に通った。

ある土地で出席した休日学校でアンは、この絵の感想を教父に聞かれたことがあった。

他《ほか》の子供たちは「祖王の強さを感じる」とか、「祖王の姿が神々《こうごう》しい」とか、そんな感想を述べていた。けれどアンは「あんなに二人とも哀しそうな顔をしているのなら、戦わなきゃいい」と言ってしまい、教父にこっぴどく叱《しか》られた覚えがある。

「妖精王って、綺麗《きれい》ね。そういえばわたし……妖精王の名前を知らないな……」

呟《つぶや》いた彼女の背後で、シャルが静かに言った。

「知らなくて当然だ。国教会は、妖精王の名を伏《ふ》せている。妖精に名など不要ということだろうが、隠《かく》していても名は消えない。妖精王の名は、リゼルバ・シリル・サッシュ」

シャルをふり返った。

「どうして知ってるの？」

「生まれたときから、知っていた。多分、俺が生まれた黒曜石が、知っていたんだ」

「シャルが生まれた黒曜石は、どうしてそんなこと知ってたのかな？」

「あれは、剣の柄《つか》にはめこまれていた黒曜石だった。その剣そのものはすでに錆《さ》びて、朽《く》ちていたが。その剣の持ち主と一緒《いっしょ》に、なにかを見たのかもしれない」

シャルは天井画《てんじょうが》の妖精王を見あげる。

国教会が伏せている妖精王の名を知る彼が、急に神秘的に思えた。

「リゼルバ・シリル・サッシュ……」

聖堂内に、ひとけはなかった。礼拝は普通《ふつう》早朝か、休日の午前にするものと決まっているからだ。確かめるようにその名を口にしたアンの声が、静かな聖堂にかすかに響《ひび》いた。

その時だった。

「君たち」

祭壇の方から、一人の教父がやってきた。白くなった髪と、優《やさ》しげな雰囲気の皺《しわ》深い目もと。身につけているのは黒い教父服だ。聖堂を管理する教父の一人だろう。

教父は彼らの前に来ると立ち止まり、困ったような顔をした。

「聖堂は、音が響くんだよ。今、君たちの口から、妙《みょう》な名前が聞こえた気がしたんだが」

「妖精王の名前ですか？」

教父はさらに困ったように眉尻《まゆじり》をさげた。

「君、国教会で下働きでもしていたのかね？　どこで知ったのかな？　その名前。あまり口に出してはいけないよ。国教会としては、その名前を封印《ふういん》しているから」

教父は責めているのではなく、教えているだけらしかった。アンは素直《すなお》に頭をさげた。

「わたしは、砂糖菓子《がし》職人です。妖精王の名前は、すみません。口に出してしまって。封印とか、知らなくて。ただ、彼が妖精王の名前を知っていただけなんです」

教父はほおっと珍《めずら》しそうな顔をした。

「時に、いるんだよ。過去の知識を持っている妖精というのがね。わたしは、はじめてお目にかかったな。しかも、すこぶる美しいな」

まるで探していた希少本を見つけたように、教父はシャルを羨《うらや》ましそうに眺める。

「あの、教父様。教えて欲しいことがあるんです」

「ん、なにかね」

さすがに聖職者らしく、シャルの容姿にぽうっとすることもなく、教父はにこやかにアンに向きなおった。

「わたし、砂糖菓子品評会のために砂糖菓子を作ろうと思っているんです。ある人から、王家は妖精のモチーフの砂糖菓子を好むと聞いたんです。その理由、ご存じですか？」

「確かに。王家は妖精の砂糖菓子を好む傾向《けいこう》にあるな。まあ、今の王家の方々が妖精の砂糖菓子を好むのは、『理由は分からんが、昔から、他の砂糖菓子に比べて大きな幸運が舞《ま》いこむから』くらいの認識《にんしき》だと思うがね。さすがに国王陛下は、由来をご存じだが」

「その由来を伺《うかが》いたいんです」

「セドリック祖王と妖精王の伝説に、由来している」

「どんな伝説なんですか?」

「これは、教父が語ってはならない伝説の一つでね。妖精王の名前と同じで」

「教えてもらえないんですか?」

「う、む。教えられないが、……読ませることはできる」

「え?」

「こちらに来てごらん」

教父は手招きして、アンとシャルを祭壇の前に導いた。そして天井を見あげて、セドリック祖王と妖精王の天井画を指さした。

「こちらから見ると、天井画の周囲に文字が刻まれているだろう。あれを読めば、伝説が書いてある」

「あ、本当だ。でも」

アンは困惑《こんわく》した。

「見たことない文字。あれ、なんですか」

「古代ハイランディア文字。読めれば、読んでもかまわんということだ」

「そんな」

普通の読み書きにも四苦八苦しているのに、そんなもの読めるわけがない。

「祖王と妖精王の伝説は、確かにある。けれど今の人間と妖精の関係を考えると、庶民《しょみん》には、伏せておいた方がよい伝説もある。君が本当にその文字を読みたいなら、古代ハイランディア文字を学び、知識を得て、読むべき準備が整ってから読め。そういうことだよ」

「何年かかるかしら……」

あはは乾《かわ》いた笑いを漏《も》らしたアンに、教父はいたずらっぽく笑った。

「まあ、がんばりなさい」

そういうと、祭壇の脇《わき》にある扉《とびら》から奥へ入っていった。

シャルはずっと、天井《てんじょう》を見あげていた。

「わたし、一生かかっても読めないかも……教父様でも、読める人は稀《まれ》だって聞くし」

するとシャルがようやく天井から視線を外し、アンを見おろした。

「教えてやる」

「へ？　なにを」

「なにが書いてあるか、教えてやる」

アンはぽかんとした。

「読めるの？　シャル」

「そのようだな」

仰天《ぎょうてん》して声をあげたアンの唇《くちびる》に、シャルが人差し指を当てた。

「うそっ!」

「声が響く。そこに座れ」

祭壇《さいだん》前の礼拝席に座ったアンの横に、シャルも腰《こし》かけた。彼は今一度天井を見あげてから、ゆっくりとアンの耳元に唇を近づけた。

「祖王セドリックは、妖精《ようせい》王の奴隷《どれい》だった」

耳に触《ふ》れ紡《つむ》がれる言葉が、くすぐったい。緊張《きんちょう》に体が硬《かた》くなった。自然と耳が熱くなる。

「けれど妖精王は、セドリックの勇敢さと誠実さに、彼を友と認め、解放した。そしてセドリックもまた、妖精王の高潔さと強さに敬意を示し、彼を友とした」

アンは思わず、確認するようにシャルの顔を見た。

「え……? 友だち?」

「そう書いてある」

今一度天井を見てから、シャルは再びアンの耳元に唇を寄せた。

「ほとんどの人間は、妖精の支配をよしとしない。そんな人間たちは、セドリックのもとに集まった。そしてほとんどの妖精もまた、人間への支配を続けようとした。妖精王も、妖精たちの意見を無視できない。しかし二人は、妖精と人間がともに歩む道を探そうとした。だが、ささいな行き違《ちが》いから互《たが》いの思いが見えなくなる。そして二人は、互いが導くべき者たちの意見に従い、戦った」

古代文字を読むシャルの声と、天井に描《えが》かれている妖精王と祖王の絵が、とけあうような錯《さっ》覚《かく》を覚えた。アンは天井を見あげて、シャルの声に聞きいった。

聖堂の中には、ステンドグラスを通して様々な色の光が射《さ》しこんでいる。

「そして、妖精王は破れ、セドリックは勝利した。セドリックは勝利したが、同時に、友の死を深く哀《かな》しんだ。妖精王と夢みた理想は、セドリックの中にいつまでも残った。いつか、妖精と人間がともに繁栄《はんえい》する日がくることをセドリックは願った。妖精のちからが、いつか人の助けとなり。人間のちからが、いつか妖精の助けとなることを願った。セドリックは妖精王の弔《とむら》いのために、彼を模した砂糖菓子を作らせ、祈《いの》りを捧《ささ》げた。その砂糖菓子には、大きな幸運を招く力が宿った……これで全部だ」

アンは不思議な思いを抱《いだ》いて、天井画を見あげ続けた。

――セドリック祖王が、妖精との共存を願った？

妖精を使役することを、あたりまえとしているこの王国。なのに国の礎《いしずえ》を築いたセドリック祖王は、本来は、妖精との共存を願っていたというのか。

妖精を使役することで社会が成立して、五百年以上過ぎた今。この伝説が広く流布《るふ》したとしても、人々がセドリック祖王の願いに感銘《かんめい》を受け、妖精たちを解放するはずはない。

なのに国教会は、この伝説を伏《ふ》せている。

今の王国は、セドリック祖王の願った世界と違う。その罪悪感を抱かせる伝説は、あまり表《おもて》沙汰《ざた》にしたくないのかもしれない。

要するに、国教会も罪の意識を感じたくないだけだろう。

人間のずるさだ。

王家が妖精の砂糖菓子を好むのは、セドリック祖王の遺志かもしれない。妖精と人の力が、いつか結びつくようにと願う、願かけのようなものだろうか。

そして共存を願うセドリックの遺志を受け継《つ》ぐ妖精の砂糖菓子は、他《ほか》の形の砂糖菓子に比べて、大きな幸運を呼ぶ力がある。それは共存を願った妖精王の力も、ともに受け継ぐからなのかもしれない。

大きな二つの遺志が形になれば、それは強い力になる。

「でも、どうしてセドリック祖王はこんな世界を作ったんだろう。共存を願っていたのに」

「作ったのじゃない。作れなかったんだろう」

シャルは天井画《てんじょうが》を見あげながら答えた。

「妖精王と祖王は、共存を願い道を探した。けれど結局戦うことになった。勝利した祖王は、再び、共存の道を模索《もさく》したかもしれない。けれど、そんな世界は作れなかった。だから、今の世界になった。それだけかもしれない。種族の違いは、大きい」

シャルの横顔は、なにかを諦《あきら》めたように白々としていた。

切なくなった。シャルにとっては、アンとの距離《きょり》は遠いのかもしれない。

「そんなこと、言わないで。違いなんて、ない」

思わず呟《つぶや》いた。シャルはアンに視線を戻《もど》した。

「あるはずだ」

「わたしには、ない。だってわたし、シャルのことを、こんなに……」

そこまで口にして、自分にぎょっとした。

次の瞬間《しゅんかん》かっと恥《は》ずかしくなり、俯《うつむ》いて、動けなくなった。自分は、なにを口走ろうとしていたのか。考えただけで心臓がばくばくして、冷や汗《あせ》が出た。

シャルはすこし心配そうにアンの顔を覗《のぞ》きこんだが、顔をあげられなかった。

口を開くととんでもない言葉が出そうで、我ながら恐《おそ》ろしかった。

どうしたのだろうか。古代文字を読むシャルの声と、教会の空気と、ステンドグラスから射しこむ色とりどりの光が、不思議な力になってアンの心をかき乱したようだった。

長椅子《ながいす》のうえにさらりと流れているシャルの羽を見つめながら、アンは自分の激しい動悸《どうき》を感じていた。

シャルの羽は、薄青《うすあお》と薄紫《うすむらさき》と薄緑《うすみどり》と。虹《にじ》を溶《と》かしたように、複雑で穏《おだ》やかな色に輝《かがや》いていた。

綺麗《きれい》なシャルの羽を見ていると、愛《いと》しさが増す。

いつだったか。彼の羽に触れたときの、手触《てざわ》りと暖かさを思い出す。羽は妖精の命そのものだ。だから、こんなに愛しく思えるのだろう。シャルそのものだから。

あふれる気持ちは、どうしようもない。

――こんなに、愛しい。

――この気持ちを、砂糖菓子《がし》にできればいいのに。そしたら、わたしのこんなくだらない思いだって、無駄《むだ》にならない。

そう思った瞬間、はっとした。ある願いが、胸のうちにはっきりした形になった。

「あ……シャル」

ドキドキする胸を抱《かか》えたまま、アンは顔をあげた。

「わたし……作れる。わたし、砂糖菓子を作りたい」


ラドクリフ工房《こうぼう》派の本工房の寮《りょう》に、急いで帰った。自分の部屋に帰る前に、まず、ミスリルを迎《むか》えに行こうとキャットの部屋に立ち寄った。扉をノックする。

「キャット。いますか？　アンです。ミスリル・リッド・ポッドがそちらにお邪魔《じゃま》してると思うんですけど。迎えに……」

と、言いかけたときに扉《とびら》が開いた。

目をつりあげ殺気をまとい、ゆらりと姿を見せたキャットは、いくぶんやつれたように見えた。

「キャット？」

「なんの嫌《いや》がらせだ、ありゃ……」

キャットは怒《いか》りをこらえるように、震《ふる》える指で部屋の中を指した。

「おい、おまえ。ベンジャミン！　寝《ね》るな、寝るな！　次、おまえの番だし。それよりキャット！　おまえがカード出さないと俺様が引けないだろう⁉　俺様の六連勝中なんだ、絶対おりるなよ！　俺は負けた八十四回分を挽回《ばんかい》するまで、やめないぞ‼」

部屋の真ん中に陣取《じんど》って、カードゲームを喜々として仕切っているのはミスリル・リッド・ポッドだった。

「夜明けと共にやってきやがった。それからなんの拷問《ごうもん》だってぐれぇの、ぶっ通しのカードゲームだ。てめぇのさしがねなら、ぶん殴《なぐ》るぜ」

恨《うら》みのこもる口調に、血の気が引いた。

「ち、違います。彼はベンジャミンと親交を深めたいって」

「ベンジャミンの野郎《やろう》は適当に居眠《いねむ》りしてやがるから、俺が一番被害《ひがい》を受けてんだよ！」

「おい、キャット。はやく席に戻ってカードを……」

文句を言いかけたミスリルは戸口をふり返り、アンの姿を認めると、抱えていたカードを放《ほう》り出した。跳《は》ねながら、戸口にやってくる。

「アン！　帰ってきたか⁉　首尾《しゆび》は⁉」

「上々よ。わたしこれから、砂糖菓子を作る」

「じゃなくて、シャル・フェン・シャルとのことだって。あいつのスケベ心をうまくくすぐって……」

「俺が？　なんだ？」

アンの背後で腕組《うでぐ》みしたシャルが、突《つ》き刺《さ》すような視線を投げた。

ミスリルは、うっと黙《だま》った。

「あ、……いたのか。シャル・フェン・シャル」

「どうでもいいから、てめぇらはとっとと自分の部屋に帰りやがれっ‼」

我慢《がまん》の限界だったらしく、キャットはミスリルを廊下《ろうか》につまみ出し、アンの鼻先でおもいきり扉を閉めた。

「……すみません」

申し訳なかったと、アンは扉の前でしょんぼり謝った。

部屋に帰ると、アンは窓を開け放って、テーブルのうえに砂糖菓子を作る道具を並べた。色粉の瓶《びん》が詰《つ》まった大きな箱を取り出し、箱の中から全《すべ》ての色粉の瓶を出すと、それもテーブルの上にきちんと並べた。

その作業を見守りながら、ミスリルが訊《き》いた。

「これから、作るのか？」

「うん。ミスリル・リッド・ポッド。嫌じゃなければ、手伝ってくれる？」

すると彼は嬉《うれ》しそうに、腕《うで》まくりした。

「任せろ」

ミスリルはぴょんと跳《と》び、銀砂糖の樽《たる》の縁《ふち》に立った。そして重い蓋《ふた》を器用にずらして、中を覗きこんだ。

「アンの銀砂糖は、綺麗だな……今、作業棟《とう》で作ってるのと、全然違《ちが》う。白くて白くて、白くて。さらさらだ」

ミスリルは人差し指で、樽の縁いっぱいに入ってる銀砂糖をちょいとつついた。小さな指先についた銀砂糖は、すうっと溶けて消えた。ミスリルは、うんと頷《うなず》いて笑った。

「味もちがう」

「味はやっぱり違う？　わかるの？」

「妖精《ようせい》は、人間よりも百倍銀砂糖の味には敏感《びんかん》だからな。別物みたいに、アンの銀砂糖はさっぱりしてて、甘くて、美味《おい》しい。妖精だったら誰《だれ》だって、作り手によって微妙《びみょう》に違う銀砂糖の味を区別できるぞ」

ミスリルは胸を張る。

「へぇ、すごいね！　そんなに味がわかるミスリル・リッド・ポッドが美味しいって言ってくれたの、嬉しい」

石の器《うつわ》を手にして、樽の中から銀砂糖をすくいあげた。

シャルはそれを見ると、横になっていたベッドから体を起こした。アンの気が散らないように、気を利《き》かせて出ていくつもりなのだろう。常に彼はそうしてくれるのだ。だが、

「シャル。嫌じゃなければ、あなたもいてほしいんだけど」

アンはシャルを押しとどめた。彼は意外そうな顔をした。

「気が散らないのか?」

「シャルがいてくれたほうが、いいの。いてほしいの。いてくれる?」

「おまえがいいなら」

素っ気なく応《こた》えると、彼は再び横になった。

ベッドのうえに流れているシャルの羽は、窓から射《さ》しこむ昼の光に、暖かな色に変わっていた。ふんわりとした、薄《うす》い青とピンク色のグラデーションだった。

妖精の気分や感情、環境《かんきょう》によって、彼らの羽の色は変化する。

アンはずらりとテーブルに並ぶ、鮮《あざ》やかな色彩《しきさい》の瓶をじっと見つめる。

――端《はし》から、順番に。全ての色を、五段階くらいの濃淡《のうたん》でいいはず。

手順が自然と、頭の中に浮《う》かぶ。

アンは銀砂糖を石板のうえにあけると、冷水を加えて練り始めた。

何度も何度も、執拗《しつよう》に練る。彼の羽に触《ふ》れたときの、さらりとして、ぞくりとするような感《かん》触《しょく》になるまで練る。

妖精の羽を作りたかった。

彼らの命と、感情を宿す羽は、なによりも神秘的で美しい。

ベールのように優雅《ゆうが》なシャルの羽も、ミスリルのぴんとした可愛《かわい》らしい羽も、どちらもとても愛《いと》しかった。彼らとともに砂糖菓子を作ることの幸福感が、胸にあふれた。

──わたしの願いと、祖王と妖精王の願いは同じ。それを形にしたい。

銀砂糖に絹のような光沢《こうたく》が出ると、それを五つに分けた。

色粉の瓶の一番端に置かれていた赤を手にとると、五つの銀砂糖の固まりそれぞれに、微妙に分量を変えて赤の色粉を振《ふ》りかけた。端から徐々《じょじょ》に色粉の量を多くして、薄いピンクから深《しん》紅《く》まで、五段階の色調になるようにした。

その五つの固まりを、またそれぞれに練っていく。

色粉の瓶は、百あまり。それら全ての色を五つの濃淡で作るつもりだった。色の数は五百になるはずだ。最低でもこのくらいなければ、妖精の羽の色を再現できないはずだ。

五章　すべてを公平に

まるで、シャルの羽に触れているような気がした。

彼の羽の手触《てざわ》りと、そこに現れる色を再現しようとした。だから彼の羽に触れている感じがするのは当然かも知れない。

けれどその感触は、予想したよりもはるかにぞくりとする。おののきのようなものすら感じる。官能に近かった。

自分の指先でつぎつぎと練られる銀砂糖の手触りに、休むことない嬉しさがこみあげる。

なにかを求め続けるように、作ることをやめられない。それはありえない世界を求める気持ちかも知れなかった。妖精と人間が、ひとつになれるように。シャルが感じている人間との距離《きょり》が、すこしでも縮まるように。

白とあわせれば五百一もの色で練りあげられた銀砂糖を、アンは次々二つ三つと机の上に並べ、色の調和を見る。これはと思う色の組み合わせができれば、それをグラデーションになるように混ぜた。二色の場合は簡単だったが、三色、四色を混ぜていくとき、グラデーションを保つために細心の注意を払《はら》う。

作業を続けていると、頭の奥が痺《しび》れたように感じた。だが、やはりやめられなかった。

翌日からはまた、銀砂糖の精製作業が始まった。

昼間の作業を終え、体は常に疲《つか》れきっていた。でも夕食を終えて銀砂糖に手を触れると、作りたい衝動《しょうどう》が強くて、疲れを忘れる。

毎日、三時間だけ気を失うようにして眠《ねむ》る。

夜が明けると銀砂糖の精製作業に行き、日が暮れたら、また砂糖菓子《がし》を作る。

毎夜、アンは自分の指が作り出した、妖精の羽に似た銀砂糖の感触を楽しんだ。

呆《あき》れるほどの数ができあがっていた、グラデーションの銀砂糖の固まり。それをさらに練りあげる。光沢を失わず、色調もそこなわず、薄く薄く、伸《の》ばしていく。羽のように。

その羽のような銀砂糖を形に切り抜《ぬ》き、指でひねり、つなぎ合わせた。

疲れた体で一心不乱に続ける作業は、作ろうという理性からではない。

ただ、作りたい衝動のみだった。


聖ルイストンベル教会を訪《おとず》れた日から、十日あまり過ぎようとしていた。

キースは砂糖菓子品評会のための作品を、完成させた。シャルはその夜で、お役《やく》ご免《めん》だとキースに言い渡《わた》された。

砂糖菓子品評会に参加を希望する職人は、アン以外、これで全員が作品を完成させたことになる。けれどシャルは安心していた。アンの作業は、とてつもない速度で進んでいた。

彼女の集中力には、正直舌を巻く。

アンの作品も明日、明後日《あさって》中には、完成するだろう。

とにかく、これからは毎晩キースの部屋に呼ばれなくて済む。

せいせいしてキースの部屋を出た。

「駄目《だめ》とか無理とか。みんなわたしには、それしか言わない。あなたもよ、エリオット。駄目と無理ばかり。わたしのことを好きだって言うくせに、駄目と無理しか言わない」

廊下《ろうか》に出た途端《とたん》、怒《いか》りをこらえるような女の声が聞こえた。興奮しているのだろう。徐々に声が大きくなる。声は、エリオット・コリンズの部屋からだった。そして声の主は例の女、ブリジットとかいう女らしい。

「だってな——。無理なものは無理だもんな——」

「みんないつもそう言うけど、嘘《うそ》だわ……。だってあのアンって子は、ちゃんと砂糖菓子職人として扱《あつか》われている」

「え？　なんでそんな話になるの？　今はあの妖精《ようせい》の話をしてたんじゃないの？」

「父さんもあなたも、工房《こうぼう》のみんなも、わたしが砂糖菓子を作りたいと言っても『女には無理だ』『女には出来ない』『女は駄目だ』って、諦《あきら》めさせた。なのに……なのに、あの子はちゃんと砂糖菓子職人だわ。女は駄目だなんて、嘘よ。もう嘘をつかれるのは、絶対にいや。欲しいものを諦めるのもいや！」

感情を抑《おさ》えきれなくなったように、涙声《なみだごえ》でブリジットは叫《さけ》んだ。

「ま、ブリジット。ちょっと落ち着いてくれないかな」

エリオットが困ったように、なだめすかしている声が続く。

エリオットの部屋の前で思わず足を止めていたシャルの背後で、別の部屋の扉《とびら》が開いた。

「耳障《みみざわ》りだな、まったく。グジグジ、ブツブツ。地縛霊《じばくれい》の泣きごとかよ。気が滅入《めい》る」

ものすごい仏頂面《ぶっちょうづら》で、キャットが出てきた。シャルがいるのを見て、おっと意外そうな顔をした。

「いたのか、シャル。陰気《いんき》なヒステリーだな、ありゃ」

腕組《うでぐ》みしてシャルの横に立つと、キャットは鼻を鳴らした。

「エリオットの野郎《やろう》も、よくあんな小娘《こむすめ》を婚約《こんやく》者にしたもんだ」

そしてちらっとシャルを見る。

「あの小娘、てめぇにご執心《しゅうしん》らしいな。エリオットがぼやいてた。てめぇを買ってくれと、せがまれて。でも買えねぇとわかったら、今度は羽を誰《だれ》かに盗《ぬす》ませろと言ってるらしい。気をつけろ」

「それほど間抜《まぬ》けじゃない」

「ま、そうだろうけどな。けど、あの小娘の鼻息じゃあ、どんな代償《だいしょう》を払っても、てめぇを欲しいというだろうからな。用心に越《こ》したことたねぇ」

心配そうな顔をしたキャットを見て、シャルはにやりとした。

「気をつける。礼に、マタタビを採ってきてやる」

途端にキャットは眉《まゆ》をつりあげた。

「なっ！　てめ、この野郎！　教えてやるんじゃなかったぜ！」

ぷんぷんしながら、キャットは荒々《あらあら》しく扉を閉めて部屋の中に入ってしまった。くっくと笑いながら、シャルはアンが作品を作り続けている部屋に帰った。

それから四日後に、アンは作品を完成させた。

砂糖菓子品評会開催《かいさい》は、三日後にせまっていた。


――なんとか、間に合った。

アンは、大きな安堵《あんど》を感じていた。

けれどもうあの手触りを感じていられないことが、少し残念だった。作りあげてしまったことが惜《お》しい。もっと作っていたかった。

そんな気持ちになったのは、はじめてのことだった。

今日も汗《あせ》をぬぐいながら、大鍋《おおなべ》の灰汁《あく》をすくいあげる作業を続けた。

その作業を続けている間はよかった。だが休憩時間《きゅうけい》になり、裏庭の庭木の根元に座りこむと、作品を完成させた後の虚脱感《きょだつ》がアンをぼんやりさせた。

高く澄《す》んだ秋の空を見あげていた。

「アン？　飲む？」

隣《となり》に座って一緒《いっしょ》に休憩していたキースが、冷たい水の入ったカップを渡してくれた。無言でそれを受け取ったアンに、キースはちょっと首を傾《かし》げた。

「どうしたの？　なんだか元気がないみたいだけど」

「あ……ごめん。ありがとう。気が抜けたみたい。昨日の夜、作品ができあがったから」

「そうなの⁉　本当に⁉」

キースは勢いこんで腰《こし》を浮《う》かした。その勢いに、アンのほうが驚《おどろ》く。

「あ、うん。できたけど」

「よかった！　間に合ったんだね。砂糖菓子品評会は、明後日だ。実は、ちょっと心配していたんだ」

安堵したように、キースは微笑《ほほえ》んだ。

「気にしてくれてたの？」

「まあね。でも、まだかまだかなんて訊《き》いたら、君もいやだろう？　自重していたんだよ。これで僕は、君と勝負できるってわけだね」

「本当に、できたのか？」

背をあずけていた幹の反対側から、突然《とつぜん》声がした。驚いて首をねじって背後を見あげると、マーカス・ラドクリフが、アンとキースを見おろしていた。

マーカスは常に、作業棟《とう》と母屋《おもや》を忙《いそが》しく行き来している。その途中《とちゅう》でアンとキースの会話が耳に入り、足を止めたようだった。

「作品を完成させたのか？　ハルフォード」

マーカスは重ねて訊いた。

「はい」

自信をもって頷《うなず》いた。

「砂糖菓子品評会に参加希望する者は、明後日の開催にあわせて、休暇《きゅうか》を与《あた》えることになっている。ちゃんと作品が出来ているかどうか確認《かくにん》して、休暇を与える。これから、確認に行く。いいか？」

「かまいません。確認をお願いします」

頭をさげる。と、キースがそれに続けて言った。

「じゃあ、マーカスさん。僕の作品も確認してください」

「おまえも、できているのか？」

マーカスは驚いたような顔をした。

「ええ。四日前に」

「どうして言わなかった？　おまえが作品の完成を報告しないから、工房内では、おまえは参加を断念するのじゃないかと噂《うわさ》が流れていたんだぞ。それを知らなかったわけじゃあるまい」

「報告しそびれていただけです」

なにげなく答えるキースの顔を見て、もしかして彼は、アンの作品の完成を待ってくれていたのかもしれないと思えた。

もしアンだけがぐずぐずと、ぎりぎりまで作業をしていたら。マーカスはまだかまだかと、彼女に催促《さいそく》し、作業が遅《おそ》いことを咎《とが》めたかもしれない。一方マーカスは、キースのことは信頼《しんらい》しているらしい。そのキースがアンと同じようにぐずぐずしていたとしても、マーカスはけして催促もしないだろうし、咎めもしないはずだった。信頼があるからだ。

キースはアンのために、自分もぎりぎりまで、作品完成の報告をしなかったのだ。

どちらがいい物を作るかと、キースは挑《いど》むように微笑んでいた。

彼はできるだけ同じ条件で、純粋《じゅんすい》に作品の質だけを競《きそ》いたいのかもしれない。

彼にはそんな高潔さがある。

「では、確認に行く。一緒に来い。その前に、監督《かんとく》のヒングリーに、作業を抜《ぬ》ける許しを取りつけてこい」

「わかりました」

軽く頭をさげて、二人は作業棟に向かった。

作業場を歩き回るキャットの袖《そで》をなんとか捕《つか》まえる。

「キャット！　わたしとキース、すこし作業を抜けます。ラドクリフさんの指示で」

「は？　なんでだ、このクソ忙しいときに」

「僕たち二人、砂糖菓子《がし》品評会用の作品を完成させたんです。それをマーカスさんに確認してもらうんです」

その声に、近くにいたサミーが顔をあげた。抜け目なく、こちらを見ている。

「じゃ、しかたねぇ。とっととすませて、帰ってこい」

しっしと追い払《はら》うように手を振《ふ》られ、アンとキースは、急いで作業棟を出た。

マーカスは作業棟の前で待っていた。

「行くか」

マーカスが告げたときだった。

「マーカスさん！」

作業棟の中から、サミーが飛び出してきた。

「俺も一緒に連れて行ってください。キースの作品、見せてもらいたいんです。俺も今年砂糖菓子品評会に出場するけど、キースにはかなわないってこと分かってます。だから来年のために、キースの作品を見ておきたいんです。もしキースの作品が王家勲章《くんしょう》を取ったら、もう間近に見る機会はなくなるでしょう？　その前に。お願いします」

勢いよく頭をさげる。

「なかなか、熱心だなサミー。いいだろう。来い」

「ありがとうございます」

ちらっとアンのほうを見たサミーの意地悪な視線が、嫌《いや》な感じだった。

アンはキースと並んで、マーカスとサミーを先導して寮《りょう》に向かった。キースの部屋のほうが、階段近くだった。キースが先に立ち、自分の部屋の扉《とびら》を開けた。

「まず、僕のほうから確認してください。どうぞ中へ」

三人を中に導き入れると、キースは部屋の中央に置かれているテーブルに近づいた。そこには白い布をかけられた、砂糖菓子が置かれている。

「これです」

なんの気負いもなく、キースはするりと白い布をはぎ取った。

「おお……」

思わずだったのだろう。マーカスが小さく声をあげた。

鋭《するど》い剣《けん》のような葉が吹《ふ》き散らされている、草原を表現した台座。そのうえに妖精《ようせい》が身を低くして膝《ひざ》を立てて座り、じっと遠くを見つめていた。

しなやかな体と、緊張感《きんちょうかん》にぴんと伸《の》びた白銀の羽。白い顔は端正《たんせい》で、しかし黒い瞳《ひとみ》は強い意志を宿してじっと一点を見すえていた。

シャルの雰囲気《ふんいき》と容姿を、そのままそこに封《ふう》じこめてある。完璧《かんぺき》なまでの再現だった。

「すげぇ……」

サミーも、ぼそりとそんな感想を漏《も》らした。

「これで、いいですか？」

「うむ。よかろう」

マーカスは深く頷いた。

「いいできだ、キース。完璧だ」

「ありがとうございます」

キースの作品に比べて、自分の作品はいったいどうなのだろうか。不安はあったが、気持ちは落ち着いていた。アンは一番作りたいものを作った。作るときも、今までにないほど、喜びを感じていられた。

もしこれでキースに負けたとしても、しょうがないと諦《あきら》められる気がした。

──負けても、わたしの砂糖菓子職人としての未来が、終わるわけじゃない。

「では、次だ。ハルフォード」

促《うなが》され、アンは三人を自分の部屋に導いた。

部屋の扉を開けると、窓辺に座っていたシャルがこちらに視線を向けた。

「ごめんね、シャル。ちょっと砂糖菓子を確認してもらうの。入っていい？」

「かまわん」

答えると、彼は窓の方へ視線を向けてしまった。

部屋の中央に置かれたテーブルのうえに、キースの部屋と同じように、白い布をかけた砂糖菓子が置かれている。

マーカスたち三人は、ぞろぞろと部屋に入ってきた。マーカスは窓辺にいるシャルの容姿を認めると、感心したように呟《つぶや》いた。

「これが、キースのモデルか……なるほど。実物は、さらにすごいものだな」

アンはテーブルに近づくと、マーカスに向かって頭をさげた。

「確認をお願いします」

白い布を取り去った。

それを見た瞬間《しゅんかん》、マーカスはくっと目を見開いた。

キースは「あっ」と小さく声をあげた。

サミーは、ぽかんと口を開けた。

そこにあるのは、磨《みが》きあげられた白い台座から伸び、互《たが》いに絡《から》まり合う、蔓薔薇《つるばら》だった。互いが互いを支え合いながら、天に向かって腕《うで》をさしあげるように伸びる蔓。様々な方向に向かって咲《さ》く薔薇の花。それら全《すべ》てが、妖精の羽で作られている。いや、妖精の羽のように見えるもので、蔓薔薇が作られている。

全ての葉、蔓、棘《とげ》、花びら。どれ一つとして、同じ色彩《しきさい》のものはない。全てが微妙《びみょう》に異なる色彩を組み合わせ、グラデーションで変化している。一つの花びらに、一つの葉に、一つの棘に、二つから四つの色彩がとけこんでいる。

それが全体として不思議な調和をみせていた。夢の中に現れる、幻《まぼろし》のようだ。手を触《ふ》れることが出来ない儚《はかな》い幻が、形を持って現れたようだった。

アンは、王家が望む砂糖菓子を作ろうと思った。そしてさらに、そこに自分が作りたいものを重ね合わせた。

蔓薔薇は、王家の象徴《しょうちょう》の花。それを妖精の羽で表現することによって、祖王と妖精王の願いを託《たく》した。そしてそれは、アンの願いでもあった。

「あの、いいですか？」

誰《だれ》も何も言わないので不安になり、アンは恐《おそ》る恐る、マーカスに訊《き》いた。

するとマーカスは、はっとしたように頷《うなず》いた。

「い、いいだろう。ハルフォード。……なかなか……だな」

「ありがとうございます」

アンが頭をさげると、マーカスとサミーは部屋を出ていった。アンも急いで作品に布をかけなおすと、

「シャル。じゃ、また行ってくる」

と言ってから、キースと連れだって部屋を出た。

先を歩くマーカスは無言だった。

サミーはマーカスより少し遅《おく》れて歩き、キースとアンのちょっと先を歩いていた。

「……いいね」

突然《とつぜん》、キースが呟いた。彼は少し不安そうな、複雑な表情で微笑《ほほえ》んでいた。

「君の作品、すごくいい」

するとサミーが、きっとふり返った。

「そんなことあるもんか、キース！　謙遜《けんそん》はよせよ。おまえの砂糖菓子のほうが、すごいじゃないか。ラドクリフ工房《こうぼう》派一番の腕前《うでまえ》が、こんな女に負けるはずないだろう。こんな女に負けたら、ラドクリフ工房派の恥《はじ》だ！」

「僕は自分の腕に自信がある。いいものを作ったと思ってる。完璧だとさえ思う。でも……アンの作品を見ると、どうしてだろう。不安になる。僕は完璧なものを作ったはずなのに」

そこまで答えると、キースは苦笑《くしょう》して肩《かた》をすくめた。

「こんな話はやめよう。砂糖菓子《がし》を選ぶのは、国王陛下だ。国王陛下の目の前、公正な場で、判断を仰《あお》ごう。それが僕は一番の望みだ」

サミーは押し黙《だま》ったが、その目には暗い怒《いか》りが宿っていた。


──キースがわたしの作品をいいって、言ってくれた。

それはなによりも、嬉《うれ》しいことだった。

その日の作業が終わり、久々にゆったりした気分で、シャルとミスリルと一緒《いっしょ》に夕食を食べていた。

「にやにやするな。おかしな顔が、さらにおかしい」

塩漬《しおづ》けにした魚のスープを目の前に、シャルがずけっと言う。

「え？　にやにやしてた？」

「頭の軽さが、露呈《ろてい》する程度にな」

ひどいコメントに、ミスリルは軽くシャルを睨《にら》む。そして、

「シャル・フェン・シャル。いつも注意してるだろう。本当のことを言うもんじゃないぞ」

こちらもけっこうひどいコメントをする。

「だって、嬉しかったから、つい……ごめん。不気味だった？」

「なにがそんなに嬉しいんだ？」

ミスリルはスープのうえに手をかざしながら訊《たず》ねた。

「キースが、わたしの砂糖菓子を見て、ほめてくれたの。あんな腕のいい人にほめてもらえたら、本当に嬉しい」

するとシャルは、むっとしたような顔をした。

「とにかく、にやにやするな。かかし」

「アンだってば……。急にどうしたのシャル。名前で呼ぶ努力をするって言ってくれてたのに。この半年、かかしって呼ばないでくれてたのに」

「呼びたいように、呼ぶことにした」

あっさり宣言すると、シャルは食事を済ませて窓辺の椅子《いす》に移動してしまった。

彼の不機嫌《ふきげん》の理由がまったく分からず、アンは首をひねるしかなかった。

──わたしのにやにや笑いが、そんなに不気味だった？

と、その時に扉《とびら》がノックされた。

席を立ち扉を開けると、ジョナスがいた。肩にキャシーが乗っている。キャシーは最初から、つんとアンにそっぽを向いていた。

「なにか用事？」

「用事がなきゃ、来ないよ。そこでサミーに会って、頼《たの》まれたんだ。伯父《おじ》さんが呼んでるから、作業棟《とう》にアンを連れてきてくれって」

「わかった。食事がすんだら行く」

「急ぎの大切な用事だって。すぐに連れてこいって、言われてるんだ。一緒に来てよ」

「わかったわよ。……じゃあ、二人とも。ちょっと出てくる」

しぶしぶ、ジョナスの後について部屋を出た。

作業棟は、今夜はひとけがなかった。今日は砂糖林檎《りんご》を収穫《しゅうかく》していないので、夜間に行う作業がないのだ。

ただ作業棟の奥にある、小さな竈《かまど》には一つだけ火が入っていた。

それは個人で銀砂糖を精製する際に使う、家庭の台所にあるのと同じ大きさの竈だった。それが七つ並んでいるのだが、その一つに火が入って赤々と燃えていた。

暗く広い、作業棟の闇《やみ》の中。炎《ほのお》の揺《ゆ》らめきに照らされて、数人の人影《ひとかげ》がある。

ジョナスはアンを従えて、そちらに向かった。

「伯父さん？　アン・ハルフォードを連れてきました」

するとそこにいる人物たちが、みな一様にけらけら笑いだした。

「わるい、わるい、ジョナス。マーカスさんはいないんだ」

「え？」

ジョナスはぽかんとした。

そこにいた数人が、いきなりアンを取り囲んだ。二人が背後から、アンの両腕《りょううで》を掴《つか》む。

「なに⁉」

驚《おどろ》いて暴れるアンを、男二人が引きずるようにして竈の前に移動させた。

竈の炎で、そこにいる人たちの顔がわかった。

サミーを筆頭に、昨年、風見鶏亭《かざみどりてぃ》で見た顔が六人。

「なんなんだい、これ？」

ジョナスが、怯《おび》えたように言うと、サミーが前に出てきた。

「ジョナス。なぁ、おまえ、不公平だって思わないか？　こいつは明後日《あさって》の砂糖菓子品評会で王家勲章《くんしょう》をもらって、銀砂糖師になることが決まってる」

「え？ 決まってるって。でもまだ、そんなのわからない。キースがいるんだし」

「決まってるだろうが。こいつは、銀砂糖子爵《ししゃく》をたぶらかしてるんだ。キースとこいつ、同じようなできばえの作品を並べたときは、銀砂糖子爵の覚えがめでたいこいつが、王家勲章をもらうに決まってる。そんなのキースが気の毒じゃないか。俺もおまえも他《ほか》の連中も、キースにゃかなわない。それはよくわかってる。あいつは血筋からして違《ちが》うからな。でもキースが負けたら、それこそラドクリフ工房派の恥になる」

「なにいってんの⁉　砂糖菓子を選ぶのは国王陛下で、銀砂糖子爵じゃないわよ！」

あまりに馬鹿《ばか》馬鹿しい言い分に、アンは怒鳴《どな》った。

「国王陛下が迷ったら、銀砂糖子爵の助言を聞くに決まってるだろうがよ。そしたらキースは不利だ。公平じゃない。だから砂糖菓子品評会を、公平におこなえるようにしなけりゃいけないだろう」

「公平に？」

戸惑《とまど》うジョナスに、サミーは近寄って、彼の肩に腕《うで》を回してそそのかすように囁《ささや》いた。

「おまえ、この女に恨《うら》みがあるだろう？　この女の両手を、そこの竈の火の中につっこめ。ゆっくり三十数えるくらいの間でいい。そしたらこの女の手は使い物にならなくなる」

アンはぎょっとした。血の気が引き、足が震《ふる》えだした。

昔、エマから聞いたことがあった。

つい五十年ほど前まで。派閥《はばつ》に所属する職人が派閥から放逐《ほうちく》される時は、今後、砂糖菓子職人と名乗ることがないように両手を焼かれ、細かな細工ができないような罰《ばつ》を与《あた》えられていたと。

今はそんな野蛮《やばん》な風習はなくなった。しかし不気味な寝物語《ねものがたり》のように、職人たちは先輩《せんぱい》職人から、その話を聞かされる。

「でも、そんな。アンは嫌《きら》いだけど。そんなことまで、しなくても。もっと別に……」

「ジョナス。これは砂糖菓子職人として、俺たちが責任をもってやるべきだと思わないか？

この女は、神聖な砂糖菓子品評会を去年も引っかき回して、今年も引っかき回す。この女がいなくなれば、砂糖菓子品評会は公平に行われる。責任だよ。責任」

「とんでもないわ。なんでジョナス様が、そんなことしなくちゃならないの!? あなたたちがすればいいじゃない、ね、ジョナス様!」

ジョナスの肩の上に立ちあがったキャシーが、目をつりあげて怒鳴った。

「妖精《ようせい》は黙れ。おい、ジョナス。おまえはマーカスさんの甥《おい》っ子だろう? ラドクリフ工房《こうぼう》派の名誉《めいよ》を守る責任があるんじゃないか? マーカスさんはほめてくれるぜ、きっと」

「で、でも、僕は」

ジョナスの額に、脂汗《あぶらあせ》が浮《う》かんだ。目がきょときょとして、誰《だれ》かに助けを求めるようにあちこちに泳ぐ。

「おまえ、そんなに臆病《おくびよう》者かよジョナス。名誉を守れよ、ジョナス!」

「なんで、僕なんだよ」

「おまえには責任があるんだよ、やれよ!」

耳元で叫《さけ》ばれたジョナスは、両手で耳をふさいで悲鳴のような声をあげた。

「いやだ! そんなの、……怖《こわ》い! 君たちがやればいいじゃないか!」

「臆病者!」

「怖いんだよ!」

ジョナスはサミーを突《つ》き飛ばすと、駆《か》けだした。後ろも見ずに、一気に作業棟の中を駆け抜《ぬ》け、外の闇に紛《まぎ》れた。

サミーは舌打ちして、アンに近寄ってきた。

「しかたない。俺がやるか。キースが勝ってもらわなきゃ、俺たちの気持ちが収まらないからな」

「キース、キースって！　キースがそんなことして勝って、喜ぶと思うの⁉」

「あいつが喜ぶ喜ばないの問題じゃない。ラドクリフ工房派一の職人で、前銀砂糖子爵の息子《むすこ》が、おまえみたいなどこの馬の骨かもわかんない女に負けるってことが、我慢《がまん》できない。ラドクリフ工房派の恥《はじ》だ。俺はここに十二の年から十年以上世話になってんだ。そのラドクリフ工房派がこけにされるようなこと、黙《だま》ってられっかよ」

背後の男たちは、アンの両肩《りょうかた》を背後から押さえつけ、竃の前にアンを跪《ひざまず》かせた。

赤々と燃える炭の色。顔に竃の炎の熱気がもろにぶつかる。全身がぞっと冷たいものに貫《つらぬ》かれたように感じた。直接的な暴力に、恐怖心《きょうふしん》が膨《ふく》れあがる。体が震え出す。

サミーが両手で、アンの両肘《りょうひじ》を摑んだ。

六章　ある疑惑

「なぁ、シャル・フェン・シャル。……答えてくれ。真面目《まじめ》な話なんだ」

座っているシャルの目の前に、ミスリルがぴょんと跳《と》びあがってきた。シャルが頬杖《ほおづえ》をついている窓枠《まどわく》に立ったミスリルは、深刻な顔をしている。

「なんだ？」

「おまえ、女の子から好きだキスしてくれって言われたら、喜んでキスするタイプ？」

「……」

「シャル・フェン・シャル？　のぁあああ──!?」

いきなりわしづかみにされ、ベッドのうえに放《ほう》り投げられたミスリルは、勢いで二、三度ベッドの上で跳《は》ねてから、がばっと起きあがった。

「なにするんだっ!?」

「今後いっさい、おまえの真面目な話は聞かん！」

突然《とつぜん》、荒《あら》い足音が寮《りょう》の階段を駆けあがってきた。と思うと、部屋の扉《とびら》が勢いよく開かれた。

「ア、アンが!!」

出入り口に立っているのは、ジョナスだった。遠目でもわかるほど震えて、顔面は蒼白《そうはく》だった。くしゃくしゃに顔を歪《ゆが》め、頬《ほお》に次々と涙《なみだ》が流れていた。

「アンが作業棟《とう》で、手を焼かれる!! 助けて、助けてよ!!」

叫ぶなり、その場に膝《ひざ》をついた。

シャルはジョナスの言葉が終わるか終わらないかのうちに、駆けだしていた。ミスリルも、ぴょんと跳躍《ちょうやく》してジョナスの頭を越《こ》えた。

「助けて、ごめん。助けて……こんなことまで、しなくていいよ……もう……」

両手で顔を覆《おお》って廊下《ろうか》に座りこんだジョナスの声を、シャルは背中で聞いた。

「大丈夫《だいじょうぶ》です。ジョナス様……」

キャシーは廊下に降り立ち、泣きじゃくるジョナスの膝をそっと撫《な》でた。

走りながらシャルは、右掌を軽く広げた。そこに気を集中させる。夜の闇《やみ》の中でも、きらきらと輝《かがや》く光の粒《つぶ》が生まれる。それは結晶《けっしょう》し剣《けん》になった。

それを握《にぎ》り、一気に裏庭を駆けぬけた。

作業棟に飛びこむと、奥手にある竈《かまど》の炎《ほのお》が目にはいる。そして、竈の前に跪く人影《ひとかげ》。

いいようのない怒《いか》りが、体の芯《しん》からつきあげる。

「人間ども……!」

竈を取り囲む人影が、こちらに気づいたらしい。全《すべ》ての顔がこちらを向く。

跪いた人影も、必死に首をねじりシャルを見た。そして、

「シャル！」

彼を呼んだ。

身を低くし、駆けた。銀の刃《やいば》を閃《ひらめ》かせ、突進《とっしん》した。

竈を取り囲む人影が、怯《おび》えたようにわっと散る。自由になったアンは、へたりとその場に座りこんだが、それでも声を絞《しぼ》って叫んだ。

「シャル！　殺さないで！　シャルが、捕《つか》まっちゃう！」

怒りにまかせて振《ふ》るった剣が、その声に反応する。怯えたサミーの胸を深く切り裂《さ》くはずだった刃は、わずかに引かれ、彼のシャツの布地を裂いたのみで終わった。

シャルはアンを背後にかばい、彼らを順繰《じゅんぐ》りに見回した。

「いつか貴様たち全員を、殺す。待っていろ。必ず、殺す」

脅《おど》しではなかった。本気で言った。それを感じ取ったのか。彼らはじりじりと後ろ向きに後退してある程度距離《きょり》が開くと、一目散に駆けだした。

彼らが逃《に》げ去ったのを確認《かくにん》して、シャルは手にある剣を振って消滅《しょうめつ》させた。

そしてアンの前に跪くと、その両手を両手で握り、確認した。

「無事だな」

安堵《あんど》とともに、軽く彼女の両手の甲《こう》に口づけた。これは彼女の未来だ。

口づけた彼女の手は、かたかたと震《ふる》えていた。

「……シャル。どうして……来てくれたの」

アンは呆然《ぼうぜん》とした顔で震えながら、ぽろぽろ涙を流していた。

「ジョナスが知らせに来た」

「ジョナス……？」

「おまえが危ないと、知らせに来た」

「……怖かっ……た」

「もう大丈夫だ」

くしゃっと顔を歪めたアンを、シャルは胸に抱《だ》き寄せた。

アンは子供のように、声をあげて泣き出した。その頭を抱《かか》えこみ、髪《かみ》に口づけした。

「泣くな」

髪の香《かお》りが、甘かった。

「アン!? 無事か!?」

ようやくミスリルが、ぴょんぴょんと跳ねながら、作業棟に入ってきた。その後ろには、キースの姿もあった。

「シャル。これは、サミーたちの仕業《しわざ》なんだね？　今、ジョナスに聞いた。君は、見たんだよね」

キースはシャルの横に跪くと、厳しい表情で確認した。

「サミー・ジョーンズだ。あと何人かいた。顔は覚えている」

「許せることじゃない。マーカスさんに、報告しなくちゃ」

アンはようやく、冷静さを取り戻《もど》したらしい。泣く声が小さくなり、洟《はな》をすすりあげながら顔をあげた。

「アン。許して。ラドクリフ工房《こうぼう》派の職人がこんな真似《まね》をして、同じ派閥《はばつ》の人間として恥《は》ずかしい。でも、このままじゃすまさない。彼らを派閥から放逐《ほうちく》するべきだ。いますぐマーカスさんに知らせる」

立ちあがったキースだったが、作業棟の出入り口のほうを見ると、目を見開いた。

「マーカスさん？」

「キース。今、サミーたちから、報告があった。なんたることだ」

マーカス・ラドクリフは、眉根《まゆね》をよせ険しい表情で近づいてきた。そしてアンの前に来ると、頭《こうべ》を垂れた。

「ハルフォード。すまない。我が派閥の恥だ。なんたることをしてくれたのかと、怒りを禁じ得ない。許してくれ。しかしそのつけはきっちりと払《はら》わせる。奴《やつ》は派閥から放逐する。そして銀砂糖子爵《ししやく》に願い出て、奴が今後、砂糖菓子《がし》職人と名乗ることを禁じるように、銀砂糖子爵の名において、命じてもらう。まったく。我が甥《おい》ながら、愛想《あいそ》がつきた」

「え……」

キースとアン、同時に声をあげていた。

シャルの目は、すっと鋭《するど》い光を増した。ミスリルは、きょとんとしている。

「ジョナスは、派閥から放逐する」

作業棟の中には、騒《さわ》ぎを聞きつけた職人たちが集まり始めていた。キャットやエリオットの顔も見える。

「待ってください、マーカスさん！　やったのは、ジョナスじゃない。サミーです。ジョナスはアンが危ないということを、妖精《ようせい》たちに伝えてくれたんです」

キースがあわてたように説明したが、マーカスは不審《ふしん》げな顔になる。

「自分がやった行為《こうい》を、真っ先に自分で報告する者がいるか？　今、ジョナスがこんな真似をしていると、助けを求めるために、わたしに知らせに来たのはサミーだ」

「違《ちが》います！　助けを求めたのは、ジョナスだ。彼は妖精たちに」

「ジョナスはわたしの甥だ。助けを求めるのに、なぜ妖精を呼ぶ必要がある？　助けをもとめるなら、伯父《おじ》であるわたしだろう。わたしがここの最高責任者なんだ。わたし以上に頼《たよ》りになる存在がないことを、ジョナスは知っている。げんにサミーは、真っ先にわたしのところに助けを求めに来たではないか」

アンはシャルの胸から顔をあげ、立ちあがった。まだ微妙《びみょう》に体が震えているようだったが、それでも彼女は必死の様子で声をあげた。

「ジョナスは、あなたのこと……。怖《こわ》いと思ってたかもしれない。だから、助けを求められなかったのかも。確かにひどいことをしようとしたのは、サミーなんです」

「この暗がりに、灯《あか》りは竈の火だけだ。見間違《みまちが》いではないか？　ハルフォード」

「見間違いじゃありません」

アンの声を無視して、マーカスはキースに顔を向けた。

「キース。おまえは、サミーがハルフォードになにかしようとした現場を、見たか？」

「いえ。現場を見たのは、アンと。シャル。妖精の彼です。ですが」

マーカスはそれを聞くと、納得《なっとく》したように頷《うなず》いた。

「キースは見ていない。サミーであるはずないな。そもそも理由がない。ジョナスには、いくつも理由がありそうだがな」

集まって彼らの様子を見守っていた職人の一人が、あっと声をあげた。

「マーカスさん。俺、ジョナスがハルフォードを連れて作業棟に入ったのを、見ました」

「決定的だな」

マーカスの表情はますます険しくなった。

「とにかく、ジョナスは放逐する」

「あんまりだわ……ジョナスは、違う」

アンが怒《いか》りをこらえ切れないように拳《こぶし》を握《にぎ》り、マーカスに詰《つ》め寄った。

「わたしとシャルが、この目で見たのに」

「妖精は信用出来ない。おまえ一人の証言だけでは、勘違《かんちが》いということもある。信じてやることは出来ん。おまえがサミーを陥《おとしい》れたいなにかがあるのかもしれないしな。作業場では、よくサミーと口論していたそうじゃないか」

「口論は確かに、そうですけど」

「サミーは十二歳の時からこの工房で働いているんだ。わたしは、サミーを信用している。まさか、ジョナスと共謀《きょうぼう》してサミーを陥れようとしたのか？　この騒動《そうどう》は、狂言《きょうげん》か？」

「違います。神に誓《ちか》ってもいい。とにかく、ジョナスは違う！」

「いい加減にしろ、まだ言い張るのか？　そんな馬鹿《ばか》なことを言い続けていたら、明日からサミー達と一緒《いっしょ》に共同作業に参加なんぞできんぞ。作業の輪が乱れる」

「でも、言わないわけにはいきません！　事実だもの」

「作業を妨害《ぼうがい》したいのか？　追い出すぞ」

「おい、なに言ってやがる!?」

キャットが我慢《がまん》できなくなったように、一歩踏《ふ》み出しかける。その肩《かた》をエリオットが摑《つか》む。

「やめろ、キャット。俺たちは部外者だ、口出しできない」

マーカスは不愉快《ふゆかい》そうに、アンを睨《にら》んだ。

「いいのか？　今出ていけば、来年の商売をするための銀砂糖は、渡《わた》すことはできんぞ。思いこみで、うかつなことを言うな」

「そう言われても、事実は事実です。ジョナスも人生がかかってるのに、助けられたわたしが黙《だま》ってるわけにはいかない」

「もう一度、訊《き》くぞ。誰《だれ》がやったというのだ？」

「サミーです」

「サミーはわたしに助けを求めに来た！」

「やったのはサミーよ!!」

睨みあった後、マーカスはふんと鼻を鳴らした。

「まったく、ろくなことがない。もううんざりだ。考えるのも馬鹿らしい」

マーカスは顎《あご》をしゃくった。

「ジョナスは放逐する。おまえも作業妨害になる、出ていけ。おまえが精製した三樽《たる》の銀砂糖と、作った作品は、持っていくがいい。誰がやったかは知らんが、おまえがひどい目にあったというなら、ラドクリフ工房派からの迷惑料《めいわく》だ」

「……やらかしちゃった……」

翌日。アンは荷物をまとめ、箱形馬車に積みこんでいた。できあがったばかりの砂糖菓子を箱形馬車の中に固定し、自分で精製した銀砂糖三樽も運びこむ。

「これで来年は、わたし商売できないのね」

手もとには砂糖菓子品評会用の作品一つと、銀砂糖が三樽とすこしだけだ。

もし王家勲章《くんしょう》を授《さず》かった場合、作品と三樽の銀砂糖は、王家に献上《けんじょう》される。王家勲章を手に入れても、アンは来年一年、材料の銀砂糖がないばかりに、指をくわえてじっとしていなければならない。

王家勲章を授からなかった場合は、作品も三樽の銀砂糖もアンのものだ。

もしかし三樽の銀砂糖ならば、下手《へた》したら半年できれいさっぱりなくなる。あと半年は、やっぱり指をくわえているしかない。

前フィラックス公から拝領したお金があるので、それでも一年くらいは食べていけるだろう。ただ砂糖菓子を作ることが出来ないのは、やるせない。

──馬鹿な真似をしたのかな？

マーカスに逆らわず、サミーの計略を受けいれ、全《すべ》てジョナスがやったということにしてしまえばよかったのだろうか。

ジョナスには、数々の仕打ちをされてきた。それを考え合わせれば、それでいいのじゃないかとも思える。

だが。サミーがまんまと罪を逃《のが》れることは許せなかった。それにジョナスは、アンを助けてくれたのだ。その彼の未来が消えるのを、黙って見ているわけにはいかなかった。結局、マーカスとあんな口論になってしまった。

──よそう。もう、考えるのは。

強く頭を振《ふ》って、御者台《ぎょしゃだい》にあがった。

ミスリルとシャルは、すでに御者台にいる。

「行こうか。ま、とりあえずは砂糖菓子品評会には出場できるんだものね」

いいことを考えようと、気をとりなおして手綱《たづな》を握った。

「おい、こら！　待ちやがれ！　チンチクリン！」

馬を歩かせようとしたその時、背後から品の悪い制止の声がかかる。

キャットとキースが、こちらに向かって急ぎ足でやってくるところだった。

今日も作業棟《とう》では、銀砂糖の精製作業が続けられている。その作業の合間を縫《ぬ》って、見送りに来てくれたらしい。

御者台を見あげる位置まで来ると、キースがすまなそうに言った。

「ごめんね、アン。こんなことになって」

「キースが謝ることじゃない。それよりもありがとう、キース。感謝してる。いろいろと」

「ヒングリーさんとも相談したんだ、サミーのことは、きっと僕たちで証拠《しょうこ》を摑んでみせる。そして彼に罰《ばつ》を受けさせる」

「待ってろ。尻尾《しっぽ》を捕《つか》まえてやる」

請《う》け合ったキャットに、シャルがアンの向こう側からすました顔で切り返した。

「相手がネズミならよかったな。得意だろう」

「どういう意味だ!?」

「シャル――!! なんでそういちいち絡《から》むの!? すみません、キャット。とにかくありがとうございます。サミーを必ずとっちめてください」

あわててキャットに向かって頭をさげ、それからキースにも言った。

「キースは、また明日ね。砂糖菓子《がし》品評会で、会おうね」

「楽しみにしてる」

キースは微笑《ほほえ》んでくれた。手を振って、アンは馬に鞭《むち》をいれた。

ゆっくりと、ラドクリフ工房《こうぼう》派の本工房の門を出る。門を出たとき、もう一度背後をふり返った。

門の脇《わき》に、ブリジットの姿があった。彼女は切なげに、こちらを見つめていた。

――あの人……、シャルのこと本当に好きなのかな?

そんなことを考えながら、目を前方の街路に移す。

するとそこに、見覚えのある背中を発見した。

肩から大きな布製のカバンをななめにかけて、まるで行く先を探すように、とぼとぼと歩いている。その肩には、赤毛の妖精《ようせい》の少女が彼の頰《ほお》に寄り添《そ》うように座っている。

アンは少し馬車の速度をあげ、その背中に追いついた。

「ジョナス！」

彼の背後に来ると箱形馬車を止めた。

手綱を放《ほう》り出し御者台を飛び降り、彼の前にまわった。

「ジョナス」

ジョナスは質素なカバンの肩紐《かたひも》をぎゅっと両手で握りしめ、視線をそらした。

彼は昨夜《ゆうべ》、夜中だったにもかかわらず、外に放り出されたらしい。

自分が出ていくことが決まった後、アンはジョナスに礼を言うために、彼を捜《さが》した。しかしいなかった。ジョナスは夜中に放り出したのだと、今朝マーカスから聞かされたのだ。

「……なに？　なにか、用なの？　ざまあみろって、言いに来た？」

一睡《いっすい》もしてないらしく、彼は目の下にくまのある疲《つか》れた顔をしていた。

「違《ちが》うの。お礼を言ってなかったから。言いたかったの。ありがとう。助けてくれて。あなたがシャルたちに知らせてくれなかったら、わたし手を焼かれてた」

「君のためにしたんじゃないよ。ただ僕は。……怖《こわ》くなったから……」

「でも、結果的にはわたしを助けてくれた。それに変わりない。ありがとう」

「ただ怖かったんだって、言ってるだろう!? 僕はあんなことに荷担《かたん》するのが怖くて。それだけなんだ！　なのに、なんでお礼なんか言うのさ。君って、正真正銘《しょうしんしょうめい》の馬鹿《ばか》っ！　僕は君のこと、大嫌《だいきら》いなんだよ！」

本当に嫌いなのだろうと、アンはしみじみ思った。ジョナスは一回もまともに、アンを見ようとしない。

「それでも、感謝してる」

ジョナスは唇《くちびる》を噛《か》んだ。

「行きましょう。ジョナス様」

キャシーがそっといたわるように、ジョナスの頬を撫《な》でた。

「ジョナス。これから、どこ行くの？　ノックスベリー村に帰るの？」

「君には関係ないよ」

ジョナスは顔をあげないまま、アンに背を向けて歩き出した。

「ありがとう。ジョナス」

もう一度言うと、ジョナスはふり返りもせずに大声で叫《さけ》んだ。

「大馬鹿!!」

苦笑《くしょう》して、アンは御者台に戻《もど》った。

その足で砂糖菓子品評会の参加申しこみに向かった。

その日。砂糖菓子品評会の申しこみを終わらせると、風見《かざみ》鶏亭《どりてい》に宿をとった。

アンは今までためこんでいた疲労《ひろう》と、緊張《きんちょう》の糸がゆるんだのとで、宿につくなり眠《ねむ》いと言いだし、昼間からベッドのうえに転がってしまった。

シャルは部屋でゆっくりしていたが、ミスリルは一階の酒場兼《けん》食堂におりて、女将《おかみ》さんを相手に温めたワインを飲んでいた。

夕暮れ間近になっても、アンは目を覚まさなかった。

静かに流れる時間を、シャルは穏《おだ》やかな気持ちで過ごした。アンと並びのベッドに足を伸《の》ばして座り、ぼんやり彼女の寝顔《ねがお》を見ていた。

ラドクリフ工房派の本工房にいたときは、アンは常に忙《いそが》しく、人間たちとの生活をこなしていた。彼女は仕事で疲れていても、その中で生き生きしているようだった。

それが少し、苛《いら》ついた。

こうやって三人きりにもどると、とても落ち着く。

——身勝手だ。

アンが本来住むべき世界から、自分は彼女を引き離《はな》したがっている。

「シャル・フェン・シャル」

静かに部屋の扉《とびら》が開き、ミスリルが入ってきた。深刻な顔で、シャルの膝《ひざ》にぴょんと飛び乗った。

「聞いてくれるか？　真面目《まじめ》な話なんだ」

それを聞いた途端《とたん》、シャルのこめかみに青筋が浮《う》く。ミスリルをわしづかみにしようと伸ばしかけた手を、彼はあわてて押しとどめる。

「待てっ！　シャル・フェン・シャル！　今度こそ、真面目な話だ！」

「言ってみろ。もしふざけた話なら、廊下《ろうか》に放り出す」

「大丈夫《だいじょうぶ》だ。安心して聞いてくれ。いや……安心できないのか……。俺、今、ちょっとアンの箱形馬車に行ってきたんだ。銀砂糖をつまみ食い……いや、味見……いや。なんていうか、とにかく銀砂糖がちゃんとあるか、見に行った」

その告白に、当然シャルの視線は冷ややかになった。

「それで？　銀砂糖をつまみ食いに行ったおまえは、なにかしでかしたのか？」

「なんにもしてない。ちゃんと指先に少しだけ、つまみ食いしたんだ。節度を守ったつまみ食いだ。それで、気がついたんだ。銀砂糖が……違うんだ」

「違う？」

「樽《たる》をあけた瞬間《しゅんかん》、おかしいと思ったんだ。見ただけでわかった。色がちょっと違うんだ。でも俺の見間違いかもしれないと思って、味見した。そしたら、まずいんだよ。アンの銀砂糖と、全然違うんだ。あれはアンが精製した銀砂糖じゃない。大量生産品の銀砂糖だ」

——どういうことだ？

妖精の味覚は、銀砂糖のみにしか働かない。だからだろう。精製した人間によって微妙《びみょう》に違う銀砂糖の味を識別できるほど、味覚は鋭敏《えいびん》だ。

間違えるはずはない。

「アンが砂糖菓子を作る間、銀砂糖はアンの銀砂糖だった。それは間違いない。俺は手伝いながら、時々盗《ぬす》み食い……いや、味見してたから。保証する。いつすり替《か》わったんだろう？　なあ、シャル・フェン・シャル。これって、もしかして大変なことか？」

「そうだな……」

いつ、すり替わったのか。

考えられるのは昨日の昼間と、昨夜、作業棟《とう》での悶着《もんちゃく》の時間。そして今朝、荷物を運ぶために部屋と、箱形馬車の荷台を、三人で往復していた時間。

けれどこの場合、いつということは問題ではない。

誰《だれ》がしたのか？

そしてアンが精製した銀砂糖は、何処《どこ》へ行ったのか？

もし悪意ある者が彼女の銀砂糖を手に入れたら、銀砂糖を駄目《だめ》にするかもしれない。水を入れて使えなくするか、大量生産品の中に一緒《いっしょ》にぶちまけるか。

わざわざ銀砂糖のすり替えが行われたということは、なにかが企《くわだ》てられている。

おそらく、明日の砂糖菓子《がし》品評会に向けてだろう。

三樽の銀砂糖が大量生産品だと、ばれてしまったらおしまいだ。自分で三樽の銀砂糖を精製する技量がないとして、どんな素晴《すば》らしい作品をつくっても失格になる。

早急に手を打たねばならない。

アンはどんなことが企《たくら》まれていようとも、砂糖菓子品評会には参加しなくてはならない。

──あいつの次は、ない。

キースも言っていた。今年が最後のチャンスだろうと。ラドクリフ工房《こうぼう》派の本工房で起こった出来事を考えれば、最後のチャンスというのも、大げさな表現ではない。

銀砂糖師でもない十六歳の少女は、徹底的《てっていてき》に排除《はいじょ》されるだろう。

「ミスリル・リッド・ポッド。銀砂糖のことを知れば、アンは出場をためらうはずだ。このことは、アンに黙《だま》っておけ。そのまま明日、砂糖菓子品評会に参加しろ。必ず参加しろ」

シャルはベッドからおりて、立ちあがった。

「どうするんだ?」

「こいつの銀砂糖を探す。こいつが起きて俺の行方《ゆくえ》を聞いたら、適当に誤魔化《ごまか》せ」

「適当に？　わかった。任せろ」

胸を叩《たた》いてミスリルは請《う》け合い、そのあと不安そうな顔になった。

「シャル・フェン・シャル。アンの銀砂糖、見つけてくれよ」

「必ず。明日の砂糖菓子品評会までに見つける」

音を立てないように、滑《すべ》るように静かに扉を出た。

向かったのは、ラドクリフ工房派の本工房だった。

秋の落日ははやく、すでにあたりに薄《うす》い闇《やみ》がおりていた。

軽々と煉瓦塀《れんがべい》を越《こ》え、寮《りょう》に忍《しの》びこんだ。そして迷わず、キャットの部屋の扉を開けた。

「猫《キャット》！」

食事の最中だったキャットは、いきなり扉が開いたのに驚《おどろ》き、パンを喉《のど》に詰《つ》まらせてむせかえった。

シャルはかまわず、つかつかと部屋に入りこんだ。

「協力しろ」

あわててベンジャミンが水を差し出すと、それを飲み干し、キャットはやっと事なきを得た。

大きく息を吐《は》いた後、怒鳴《どな》りあげた。

「てめぇ、嫌《いや》がらせじゃ飽《あ》きたらず、俺を殺すつもりかよ!?」

「今死なれたら困る」

「今じゃなきゃいいのか!?」

「別にいい。それよりも、話がある。協力しろ」

「死んでもかまわねぇといったその口で、協力しろだ?」

「アンのことだ」

アンと聞くと、キャットの表情が変わった。

「なにかあったか?」

「あいつがここから持ち出した銀砂糖が、すり替わっている。あいつが持ち出したのは、自分が精製した銀砂糖ではなく、大量生産品だ。ミスリル・リッド・ポッドが、味を確認《かくにん》した。あいつの銀砂糖は、まだこの敷地《しきち》内にあるとしか思えない」

「すり替わってるって?」

「そんなことになってるのぉ? ほんとみんな、どうかしてるね~。次から次へと、しょうこりもなく。やだなぁ」

横で聞いていたベンジャミンも、さすがに呆《あき》れたようだった。

キャットは行儀《ぎょうぎ》悪く椅子《いす》の上に片膝《かたひざ》を立てて、顎《あご》に手をやる。

「やったのはサミーや、その周囲の連中だろうな」

「吐かせる。奴《やつ》をこの部屋に呼べ。おまえなら簡単に呼べるはずだ」

冷気をまとうシャルの言葉に、キャットがあわてたように制止をかける。

「まてまてまてっ。そんなことできるわけねぇだろう、証拠《しょうこ》もないのに。なんでそう、物騒《ぶっそう》な発想なんだ？　とりあえず、サミーやその周辺の野郎《やろう》がおかしな動きをしているのを誰かが見てねぇか、訊《き》いてまわろう。こういうのは人望があるキースや、やたら口のうまいエリオットが得意だろう。やつらにも、協力させよう」

すぐにキャットは立ちあがった。そしてシャルとともに、キースの部屋を訪ねた。

シャルとキャットの訪問に、キースはきょとんとしていた。

「どうしたの？　二人とも」

「アンの銀砂糖が、すり替えられた」

開口一番のシャルの言葉に、キースの顔が曇《くも》る。

「なんでそんなことに？」

ざっと事情を説明すると、キースは徐々《じょじょ》に、怒《いか》りを抑《おさ》えられない顔つきになった。

「僕は彼女と公正に競《きそ》いたいだけなのに。なんで、邪魔《じゃま》をする奴らがいるんだ……。砂糖菓子品評会は、明日だ。今夜中に、なんとかしないといけないですね。ヒングリーさん、コリンズさんには相談しましたか？」

「あの野郎には、まだだ」

「では、すぐに行きましょう。時間が惜《お》しい」

キースとシャルを引き連れ、キャットはエリオット・コリンズの部屋をノックした。

「エリオット。俺だ。開けろ」

しばらくすると細く扉《とびら》が開き、エリオットが顔を半分覗《のぞ》かせた。

「あ——。キャット。なんでおまえ、こんなまずいときに来るんだよ——」

「うるせぇ！ 俺は来たいときに来るんだ、開けろ！ おまえに協力を頼《たの》みに来たんだ」

「協力？ なんの？ そもそもそれが、頼みごとをする人間の態度かなぁ」

「とにかく開けろ！」

キャットは強引《ごういん》に扉を開いた。

部屋の中には、ブリジットがいた。

中央のテーブルに座り、手にワインの瓶《びん》を持っていた。ワインをカップに注ぐと、険のある視線でこちらを見ながら、カップをとりあげ口をつける。

「なにやってんだ、あの馬鹿《ばか》女？」

容赦《ようしゃ》ないキャットの口を、エリオットがあわててふさぐ。

「し——っ、し——っ！ 失恋《しつれん》した女の子の、可愛《かわい》いやけ酒なんだよ。つきあってあげてるんだから、今夜は帰ってよキャットちゃん」

「ちゃんて呼ぶな、気色悪い。そんな場合じゃねぇ。アン・ハルフォードが大変なことになってんだ。ちょっと手を貸せ」

「ばかばか。おまえ、その名前を言うな！」

「アン？」

ブリジットが、顔をしかめた。今にも泣き出しそうな涙声《なみだごえ》をしぼる。

「あの子がなんなの？　なにかあったの？　それでキャットがきたの？　いいわね、あの子。みんなに、駄目だも無理だも言われない。ちやほやされて守られて、いい気になって砂糖菓子職人のまねごとして。甘やかされて……」

エリオットが、あちゃちゃと言いたげに、天井《てんじょう》を仰《あお》いで額を叩く。

「黙れ。なにも知らないおまえが、勝手なことを言う権利はない」

シャルはキャットを押しのけて、部屋の中に入った。キースも続く。

「あ……あなた……」

ブリジットが思わずのように立ちあがり、手にしたカップを取り落とす。酔《よ》いとは別の赤みが、頬《ほお》にさす。

「あいつは、なにがあってもやめなかった。それだけだ。甘やかされているのは、おまえのような女だ」

ブリジットは俯《うつむ》いて、すとんと椅子に座った。エリオットは、可哀想《かわいそう》にとでもいうように、ブリジットの隣《となり》に座りその背を撫《な》ではじめた。

もうそれ以上、彼女の相手をするつもりはなかった。シャルはキャットに向かって顎をしゃくって、説明しろと促《うなが》す。

「聞けよ、エリオット。今朝アン・ハルフォードが出ていっただろう？」

キャットはテーブルに両手をつき、エリオットのほうに身を乗り出した。

「そういや、勇ましくおん出て行ってたな〜」

「アンは自分の作品と自分で精製した三樽《たる》の銀砂糖を持っていった。砂糖菓子《がし》品評会に参加するためだ。けどその三樽の銀砂糖が、大量生産品とすり替《か》えられているらしい」

「はぁん。だれだよ、そんないじましいことする野郎は」

エリオットは呆れたように肩《かた》をすくめた。

「目星はついてるけどな。証拠がねぇから、まず何か見た奴がいねぇか調べたい」

「……見たわ」

ぽつりと、俯いたままブリジットが呟《つぶや》いた。

「なんだって？」

問い返したキャットに、ブリジットは顔をあげずに、淡々《たんたん》と答えた。

「犯人を見た。母屋《おもや》のわたしの部屋から、裏庭がよく見える。この寮も。今朝、アン・ハルフォードたちが荷物を運び出しているとき、犯人が樽を三つ持って、寮の中に入っていた。それからアンたちがここの敷地を出た後に、犯人はまた、樽を三つ持って出てきた」

シャルはテーブルに近づくと、ブリジットを見おろした。

「見ていたのか？」

するとブリジットは、ようやく顔をあげた。頬は赤かったが、その目には挑戦《ちょうせん》するような光があった。

「見てたわ。全部。あなたのことを、見てたから」

「そいつは銀砂糖をどうした。知っているのか？」

「知ってるわ。不思議に思って、部屋から出て、彼らの様子を覗き見してたから」

「誰《だれ》の仕業《しわざ》だ。銀砂糖はどこにある？」

ブリジットは暗く笑った。そして顔を背《そむ》けた。

「教えるつもりないわ」

砂糖菓子品評会が始まろうとしていた。

アンは箱形馬車の荷台から砂糖菓子と樽をおろし、会場に運びこんでいた。昨年と同様、巨《きょ》大《だい》な王城が見おろす広場に、作品を並べるための台が、横一列に並んでいる。

アンは指示された番号順で、砂糖菓子を台の上に並べて置いた。

銀砂糖の樽は、広場の端《はし》に集められていた。誰の樽か分かるように、広場に入る前、樽には参加者それぞれの名前が衛士《えいし》の手によって書きこまれた。

準備を整え、アンは肩に乗ったミスリルに、気遣《きづか》わしげな視線を向ける。

「ねぇ、シャルは本当に大丈夫《だいじょうぶ》なの？　ミスリル・リッド・ポッド」

「だ、大丈夫だよ。はははは……は……」

「だって、しゃっくりが止まらなくなって、それを止めるために、郊外《こうがい》に薬草を取りに行くなんて。いくらなんでも、ひどいしゃっくりじゃない？」

「そそ、それほどでもない。あ、あいつは、しゃ、しゃっくりもちなんだよ。飼い葉を食えば治るって」

「え？　飼い葉なら、その辺にあるけど」

「ちがった。薬草だ」

なんだか変だ。ミスリルが何か隠《かく》しているのは確かだが、それが何なのかはわからない。シャルはなぜ姿を消しているのか。

不安になってくる。

なにかよくないことが起きるのかもしれない。

次々と、砂糖菓子品評会の参加希望者が集まっていた。その数は二十人。全員、顔を知っていた。今年の参加希望者は、例外なくラドクリフ工房《こうぼう》派の本工房に寄宿していたからだ。むろん、サミー・ジョーンズもいた。彼はアンから少し離《はな》れた場所で、にやにやしながらこちらを見ていた。

ほとんどの職人が集まり、整然と位置についた。

広場を取り囲むように、物見高い街の人々が集まっている。去年の砂糖菓子品評会は見ものだったという話が広がって、今年は去年よりもさらに観客の数が増していた。

国王臨席も間近な時間になったのに、キースの姿が見えなかった。

——どうしたんだろう？

心配になりだした頃《ころ》、キースが広場に駆《か》けこんできた。ほっとした。

キースは樽を運び、自分の指定場所に砂糖菓子を置くと、早足にアンに駆け寄ってきた。

「ごめん、アン。間に合わないかもしれない。彼女が、喋《しゃべ》ってくれなくて。シャルが一人、説得のために残った。ヒングリーさんは、ここに来てくれてる。なにかが起こったとき、手助けになるかもしれないって。何かが企《くわだ》てられているのは、間違《まちが》いない。けれど、何が起こるのか分からない。君と競《きそ》う品評会がこんな事になるなんて。僕は……」


緊迫《きんぱく》したキースの様子に、アンは首を傾《かし》げた。

「なんのこと？　キースは今まで、シャルと一緒《いっしょ》にいたの？」

「君……知らないの!?」

その時だった。

ダウニング伯爵《はくしゃく》や銀砂糖子爵《ししゃく》が控《ひか》える天幕が、にわかにざわついた。

そしてしばらくすると、銀砂糖子爵ヒュー・マーキュリーが、ゆっくりと天幕を出てきた。

並んでいる砂糖菓子職人の正面に立つと、目を細める。

「キース・パウエル。自分の位置につけ」

キースは何か言いたげな顔をしながらも、自分の位置に帰って行った。それを見届けると、ヒューはひらりと片手をあげた。

「諸君。ご覧の通り、国王陛下はまだ臨席されていない。砂糖菓子品評会の開催《かいさい》は宣言前だ。その宣言前に、確認《かくにん》しなくてはならないことが起こった」

ヒューの手には、一枚の紙切れがあった。

「今朝、俺のもとにこの手紙が届けられた。この手紙にはこう書いてある。『本日砂糖菓子品評会に参加する予定のアン・ハルフォードは、砂糖菓子職人と呼べる人間ではない』」

ぎょっとした。

──わたしのこと⁉

観衆も他《ほか》の職人たちも、ざわめく。視線がアンに集中する。

「『彼女は銀砂糖の精製に関してまったくの素人《しろうと》であり、自分で銀砂糖精製する技能はない。その証拠《しょうこ》に彼女が持参した銀砂糖は、今年の凶作《きょうさく》により特別措置《そち》として精製されている、大量生産の銀砂糖である。その違《ちが》いは、個人精製のものと比べれば、明白なはずである。確認を希望する』」

淡々と読みあげたヒューは、手紙を丁寧《ていねい》に折りたたみポケットにしまった。

──なんて言いがかりを。

怒《いか》りがこみあげ、握《にぎ》った拳《こぶし》が震《ふる》えた。

「さて。そこでだ、アン・ハルフォード。おまえの銀砂糖を確認したいんだが、いいか？」

ヒューはアンを見つめた。銀砂糖子爵の顔だった。

「銀砂糖子爵！　こんなこと、馬鹿《ばか》げてる！　子爵は誹謗《ひぼう》中傷の手紙を、いちいち真に受けるんですか」

キースが思わずのように声をあげた。

「差し出た口をきくなキース・パウエル。誹謗中傷でも、確認しなければ後々禍根《かこん》を残す。確認してなんでもなければ、それはそれでいい。いいな？　ハルフォード」

厳しいヒューの顔を、アンは真っ直《す》ぐ見返した。

「かまいません、どうぞ」

七章　欠けた砂糖菓子に

「俺は、いないほうがいいかもね――。外、出てるわぁ。ブリジット。そいつとよくよく、話しあってみな」

キースもキャットも、砂糖菓子品評会の会場に向かった。シャルとエリオットだけが、ブリジットの前に残された。

しかししばらくすると、エリオットはひらひらと手を振《ふ》り、出て行ってしまった。

エリオット・コリンズは、よく分からない男だった。

自分の婚約者《こんやく》が、妖精《ようせい》を好きだと言って、それを欲しがって心を乱している。けれどエリオットはその彼女の行動に、嫉妬《しっと》するでもなく、哀《かな》しむでもない。ただ「困ったね」といったふうに、見守ったりなだめたりするだけだ。

夜が明けて、砂糖菓子品評会開催の時間が迫《せま》っていた。

ブリジットは黙《もく》して語らなかった。

キースとキャットは、徹夜《てつや》で本工房の中を探し歩いたが、結局アンの銀砂糖らしきものは発見できなかった。絶望的な顔をして、二人は王城を見あげる広場に向かった。

よほど巧妙《こうみょう》に隠されているのか。もしくは、もうアンの銀砂糖はどこにもないのか。

シャルはテーブルのうえに腰《こし》かけ、椅子《いす》に座るブリジットを見おろしていた。

「アンの精製した銀砂糖は、もう、ないのか？　もしそうならば、俺は行く」

アンの銀砂糖が駄目《だめ》にされているのであれば、ブリジットと睨《にら》みあっている時間が惜《お》しかった。なにができるかは分からないが、シャルもアンのもとに駆けつけるべきだった。

するとブリジットは、自嘲《じちょう》するように口もとだけで笑った。

「あるわ。あのろくでなしでも、あの銀砂糖を見たとき、うっとりしていたもの。駄目にすることは、できなかったみたい。わたしにだって、その気持ちくらいわかるわ。銀砂糖師の娘《むすめ》だもの」

「どこにある。話せ。さもなくば、斬《き》る」

非情な言葉に、ブリジットはふふっと笑った。

「それも、いいわね。あの子は銀砂糖師になれないし、あなたは人間を殺した妖精として、処分されてしまう。あの子のところに戻れない。わたしと心中だわ」

──脅《おど》しは、通用しない。

ここまでかたくなで執着《しゅうちゃく》の強い相手では、刃《やいば》を喉もとに突きつけても効果はない。

部屋の窓から射《さ》しこんだ陽《ひ》の光が、床《ゆか》に四角い輝《かがや》きを落とす。職人たちが起き出して、作業棟《とう》へ向かう話し声が裏庭にあふれていた。窓枠《まどわく》に小鳥が数羽《すうわ》とまり、さえずる。

希望にあふれる活気と明るさを感じ、シャルは軽く目を閉じた。

もうすぐ、砂糖菓子品評会が始まる。今回アンが失格になれば、彼女に次はない。キャットやヒューを頼《たよ》れば、あるいは次もあるのかもしれない。けれど彼らに頼りきることを、アンが良しとするだろうか。彼女は、ためらうはずだ。さらに二度も砂糖菓子品評会で騒ぎをおこした娘を、国王やダウニング伯爵が、どう思うだろうか。三度目の参加を、果たしてゆるされるだろうか。

アンの未来を、彼女が望むように歩かせてやりたい。

そのための方法は、とっくに気がついていた。けれど口に出せなかった。

——これがリズのためだったら。間違いなく、すぐにそれを提案した。

けれどアンのためには、それを言い出せなかった。

どうしても、自分の中の身勝手な気持ちが邪魔《じゃま》をする。彼女の未来や人生などお構いなしに、ずっと彼女を手放したくないと思ってしまう。

聖ルイストンベル教会の鐘《かね》が、重々しく街に鳴り響《ひび》いた。

砂糖菓子品評会の時間だ。シャルはそれを合図に目を開いた。

あふれる朝の光が、アンの未来を思わせる。この光を消すことは、あまりにも切ない。

自分でもなだめきれない身勝手な感情をねじ伏《ふ》せ、口を開いた。

「俺の羽が、まだ欲しいか?」

静かな言葉に、ブリジットは彼のほうに顔を向けた。

「……欲しいわ」

「それと引き替《か》えなら、銀砂糖のありかを教えるか？」

「ええ」

ブリジットの答えに迷いはなかった。

シャルは自分の服の内ポケットを探《さぐ》り、革製《かわせい》の袋《ふくろ》を取り出した。それをぽんと、彼女の膝《ひざ》に放った。

「教えろ」

ブリジットは恐《おそ》る恐るといった様子で革袋を取りあげると、口を開き、中に折りたたまれて入っているものを取り出した。広げたその羽には折り目や皺《しわ》もなく、半透明《はんとうめい》の絹のように、さらさらとなめらかだった。

「あなたの羽」

愛《いと》しげにそれを両掌《りょうてのひら》に乗せると、じっと見おろした。

それからゆっくりと顔をあげると、ブリジットは哀願《あいがん》するように命じた。

「キスして」

ためらいなく、シャルは彼女の顎《あご》に手をかけ、身をかがめた。唇《くちびる》を重ねる。

乾《かわ》いた口づけをどう感じたかは知らないが、唇を離《はな》すと、ブリジットはふっと息をついた。

「教えるわ。来て」

そして彼女は、立ちあがった。


ハルフォードと書かれた三つの樽《たる》が、ヒューの前に運ばれてきた。

「検分役として、わたしと、ラドクリフ工房《こうぼう》派の長《おさ》、マーカス・ラドクリフが一緒《いっしょ》に確認をする。それで文句はあるまい。ラドクリフとハルフォードは、こちらに来い」

ヒューの命令の言葉に、天幕からマーカスがやってくる。

ちょうど、聖ルイストンベル教会の鐘が、重々しく街の中に鳴り渡《わた》っていた。

「行ってくる。ミスリル・リッド・ポッド。ちょっと待ってて」

アンは緊張《きんちょう》した面持《おもも》ちで、肩《かた》に乗るミスリルを台の上におろした。ミスリルは今にも泣きそうだった。

「アン。待てよ、アン。聞いてくれ、あれは」

「大丈夫《だいじょうぶ》。行ってくる」

言い置くと、顔をあげてヒューの前に進み出た。

「わたしが蓋《ふた》を開けます」

「いいだろう。開けろ」

自分の手で、おかしな言いがかりは払拭《ふっしょく》したかった。

しかし。一つめの樽の蓋を開けたアンは、ぎょっとした。

——違《ちが》う!?

あわてて残り二つの樽も開くが、残り二つの樽も、アンの銀砂糖ではないことが一目で分かる。色と質感が違う。

「どうして……」

呆然《ぼうぜん》としたアンの目の前で、ヒューとマーカスが、三つの樽を覗《のぞ》きこみ顔をしかめる。

二人はじっと色を見た後に、掌で銀砂糖をすくい、高い位置からさらさらと落としてみる。そして少量を掌に乗せ、口に運ぶ。

「これは今年、ラドクリフ工房派の本工房でつくられている大量生産の銀砂糖だ。作業の工程上やむなく、個々人で精製するよりも品質が落ちている。その銀砂糖だ」

マーカスの重々しい声に、ざわめきが止《や》んだ。広場が沈黙《ちんもく》した。

しんとなった広場に、さらにヒューの声が響く。

「大量生産の銀砂糖に間違《まちが》いない。個人で精製した場合、ここまで、おおざっぱなつくりになるはずない」

「……わたしは確かに。自分の手で銀砂糖を精製して、それを使って作品を作りました。間違いない。でも、なんでこの三樽が、大量生産品になってるのか、わからない……」

動揺《どうよう》に震《ふる》えがちになる声を抑《おさ》えながら、アンは必死に言葉を紡《つむ》いだ。

しかし。

「失格だ！」

観衆の中から、声がした。

「自分で精製してない銀砂糖なら、失格だ！」

石をぶつけられたような衝撃《しょうげき》を感じた。よろめきそうになるのを、ぐっとこらえた。

――どうして？　どうして？

疑問符《ぎもんふ》ばかりが頭の中を巡《めぐ》り、まともに考えられない。

「まてよ。あれは前フィラックス公の砂糖菓子《がし》を作った職人だ。銀砂糖が精製できないなんて、あるはずない」

「そうだ、何かの手違いだ」

「あたしゃあの子の砂糖菓子を買ったことあるよ。作りも、使われていた銀砂糖も、とびきりよかった」

別の観客が、声をあげる。すると先にやじった声が、小馬鹿《こばか》にするように声を返した。

「あんたら、騙《だま》されたんだよ」

「あいつは去年も、なにやら騒動《そうどう》を起こしたそうじゃないか」

「あの子の砂糖菓子を買ったことない奴《やつ》が、なに言ってんだ！」

「なにかの間違いだ」

「あの小娘《こむすめ》、信用できないぞ！」

言葉の応酬《おうしゅう》が、徐々《じょじょ》に広がる。興奮してきた観客同士が、胸《むな》ぐらをつかみ合った。

「失格だ！」

「なんだと⁉」

物騒《ぶっそう》な雰囲気《ふんいき》に、衛士《えいし》たちが駆《か》けて観衆に向けて槍《やり》を構える。静かにしろと、怒鳴《どな》りつける。

「静まれ！」

広場を圧するような、大音声《だいおんじょう》が響いた。

その声の大きさと威圧《いあつ》的な響きに、観衆は口を閉じ、動きを止めた。

広場の正面。王城を背にした天幕に、王家の人々が立っていた。中央には、ハイランド王国国王エドモンド二世の姿がある。ぎょろりと目を見開いた憤怒《ふんぬ》の形相で、騒《さわ》ぎ出す観衆と呆然とする砂糖菓子職人たちを見回した。

アンはそこでやっと、すでに聖ルイストンベル教会の鐘が鳴り終わり、王家の人々が臨席する時間になっていたのだと気がついた。

ヒューとマーカスは、はっとしたように国王に向きなおり、跪《ひざまず》いて頭《こうべ》を垂れた。

アンもあわてて、それに習った。

「これはなんの騒ぎだ。ダウニング！」

広場を圧した声が、再び国王の口から発せられる。

ダウニング伯爵《はくしゃく》はすぐさま国王に駆け寄り、ことの次第《しだい》を説明している様子だった。頷《うなず》きながら聞く国王の横で、王妃《おうひ》が眉《まゆ》をひそめる。そして頭を垂れているアンを見つけると、じっと見つめる。

「なるほど。去年は、誰《だれ》が作ったのかも分からぬ作品を持ちこんだ職人がいた。そして今年は、自分で精製していない銀砂糖を持ちこんだ職人がいたと、そういうことか」

それから国王はゆっくりとアンに視線を向ける。

「そのどちらにも、そなたが関《かか》わっているのか。アン・ハルフォード。顔をあげよ。その他《ほか》の者もだ」

アンは顔をあげた。国王は無表情だ。

「昨年の砂糖菓子品評会を騒がせたことは、不問だ。しかし今年は、なぜこんな騒動になった。説明できるのならば、してみよ」

「わたしは自分の手で銀砂糖を精製して、それで作品を作りました。それは間違いありません。友だちの妖精《ようせい》が、作品を作る間、ずっと確かめていました。けれど作品を作り終えて、残りの三樽の銀砂糖をここに運びこむあいだに、銀砂糖がすり替《か》えられていたんです。どうしてなのか、いつすり替えられたのか、わかりません。けれどわたしは、自分の手でちゃんと銀砂糖を精製しました」

「自分で精製したという言葉だけですか？　証拠《しょうこ》はないのですね」

　王妃が言った。それを耳にした国王は、頷いた。

「確かにそうだ。銀砂糖子爵《ししゃく》。マーキュリー。どう決着をつける？」

　問われたヒューは、あっさり答えた。

「理由はどうあれ、今、手もとに自分が精製した銀砂糖がなければ、ここにいる資格はない」

「失《う》せろ！　嘘《うそ》つき」

　また観衆の中から、野次《やじ》が飛んだ。唇を噛《か》んだ。

　――嘘じゃない。……嘘じゃない！

　参加は不可能だ。その事実が目の前に突《つ》きつけられ、アンは逆に冷静になった。

　――参加できなくても、嘘じゃない。それだけは、嘘じゃない。

　きちんと仕事をこなしてきたという誇《ほこ》りが、それだけは証明しろと、アンの中で激しく暴れた。耳に、こだまのように過去の声が甦《よみがえ》る。

『おまえは、最高の砂糖菓子職人だ』

　穏《おだ》やかで哀《かな》しい目をした公爵《こうしゃく》がくれた言葉だ。その賛辞がアンの背を押す。戦えという。

　うつむきかけた顔を、アンは今一度ぐっと起こした。

「砂糖菓子品評会への参加は諦《あきら》めます。けれど、わたしは、わたしの手で銀砂糖を精製した。

それだけは、証明させていただきたい。国王陛下、許可をください!」

「できるものならば、やってみるがよい」

その言葉を聞くと、アンは今一度頭をさげ、立ちあがり自分の作品のところに帰った。

ミスリルがぼろぼろと泣きながらアンを見あげる。

「アン……。ごめん、俺、気がついて。でも、間に合わなくて」

キースもすまなそうに、こちらを見ていた。

アンは二人に向かって、軽く首をふった。

「いいの。しかたない。気がつかなかったわたしが間抜《まぬ》けなの。でも、わたしが嘘つきじゃないってことだけは、証明する。ちゃんとした職人だって、証明する」

言うなりアンは、自分の作品にかけられた被《おお》いの白い布を取り去った。

広場がどよめいた。国王も王妃も、目を見開く。

「……美しい」

ヒューが呟《つぶや》いたのが聞こえた。

幻《まぼろし》のように咲《さ》いた蔓薔薇《つるばら》の砂糖菓子を前に、アンは声を張った。

「国王陛下。陛下が信頼《しんらい》されている妖精を誰か、呼んでください。その方に証明していただきます」

「妖精か」

国王が王妃に目配せすると、王妃は頷き、天幕の背後に呼びかけた。

「クリフォード。ここへ」

すると天幕の裏側から、背の高い、従者のお仕着せを着た青年の姿をした妖精が現れた。

「彼ならば、信頼できる。好きなようにするがよい」

「ありがとうございます」

膝《ひざ》を折り、アンはぐっと腹に力を入れた。自分の目の前にある作品を見つめる。

そして蔓薔薇の花の一つに手をかけると、一気に折りとった。

その場にいた誰もが、息を呑《の》んだ。

アンは一瞬《いっしゅん》、自分の腕《うで》が折れたような痛そうな顔をした。実際、胸が痛かった。

折りとった花を手に、アンは再び天幕の前に進み出ると、跪いた。

「これを、その方に食べていただいてください。大量生産品の銀砂糖で作られたものではないと、わかるはずです」

薔薇の花をさしだして、アンは国王に告げた。

「今年は、ここに参加希望した二十人と棄権《きけん》した一人以外の人間は、個人で銀砂糖を精製していません。棄権した人の銀砂糖は全部、ラドクリフさんが責任を持って大量生産品と混ぜてしまったと聞いてます。ですから、他の人たちがちゃんと三樽《たる》の銀砂糖を持っているということは、それ以外の銀砂糖は全《すべ》て、大量生産品だということ。個人で精製した、余分な銀砂糖はありません。もし、わたしが、ほんとうに銀砂糖を精製できないのであれば、これも大量生産品で作ったはず。大量生産品の味がするはず。でももしそうでなければ、それはわたしが精製した銀砂糖です」

ジョナスが精製した銀砂糖は、昨夜《ゆうべ》大量生産品の中に混ぜこまれ、なくなったと聞いている。それはマーカスが自分の手で行い、何人もの人間が確認《かくにん》した。

もしかしたらアンの銀砂糖も、今はもう、同じようになっているかもしれない。けれどアンの手には、自分の銀砂糖で作った砂糖菓子が残っている。

これが証拠だ。

妖精クリフォードは、すこし困ったような顔をした。しかし王妃に目配せされると天幕を出て、アンの前にやってきた。

「よいのですか？」

跪くアンに問いかける。アンはしっかりと頷いた。

「お口にあえば、いいのですけれど」

「頂戴《ちょうだい》しましょう」

クリフォードは薔薇の花を受け取り、掌に乗せた。薔薇の花はすっと彼の掌に吸いこまれるように溶《と》けて消えた。クリフォードが、わずかに微笑《ほほえ》んだ。そして、優《やさ》しく言った。

「美味《おい》しいです、とても」

そしてクリフォードは国王をふり返った。

「これは、とても上質な銀砂糖でつくられています。『形』から感じる味も素晴《すば》らしいが、そもそも、銀砂糖のできからして違《ちが》うようです」

国王はアンに視線を移した。

「確かに、そなたが精製したのだな。だが、その銀砂糖は何処《どこ》に行った」

「分かりません。けれど、わたしが自分で銀砂糖を精製して、作品を作ったということが分かってもらえれば、それでいいです。この場を騒がせたことを謝罪します。すみません。わたしは、ここから去ります」

深く頭をさげると、涙《なみだ》がこぼれそうだった。けれどそれを懸命《けんめい》にこらえ、立ちあがった。国王に背を向け、自分の砂糖菓子《がし》の場所に戻《もど》ろうと、ヒューの脇《わき》を通り抜けようとした。

ヒューがアンの腕を摑《つか》まえた。

「待て。見ろ、アン」

囁《ささや》いた。

広場の端《はし》から、ゆっくりとこちらに歩いてくる女がいた。長い金髪《きんぱつ》の娘《むすめ》で、後ろに、ぞっとするほど美しい黒い瞳《ひとみ》の妖精を連れている。

ブリジットとシャルだった。ブリジットは、近づいてきたダウニング伯爵《はくしゃく》に何事か告げた。するとと伯爵が驚《おどろ》いたような顔をして、国王の前に駆《か》けてきた。

「国王陛下。今、ペイジ工房《こうぼう》派の派閥《はばつ》の長、グレン・ペイジの娘がそこに来ております。娘が言うには、そこの職人アン・ハルフォードが精製した銀砂糖の行方《ゆくえ》を知っているから、ここで銀砂糖子爵と陛下にご報告したいと」

「なに？」

「ここに呼び寄せてよろしいでしょうか」

「かまわん。ここへ」

ブリジットは気負いのない足取りで、国王の前にやってくると跪《ひざまず》いた。

アンはわけが分からなくなっていた。なぜブリジットがここにいて、なぜ自分の銀砂糖の行方を知っているのか。そしてなぜシャルと彼女が一緒《いっしょ》にいるのか。

「ペイジ工房派長グレン・ペイジの娘ブリジットです。そこに控《ひか》える職人アン・ハルフォードの精製した銀砂糖の行方を知っておりますので、参上しました。この場の混乱を収めるために」

「銀砂糖は、どこにある」

ヒューの問いに、ブリジットはついと広場の端を指さした。そこには砂糖菓子品評会に参加希望をした二十人が持参した、銀砂糖を詰《つ》めこんだ樽が並んでいた。

「そこに。その中にジョーンズと書かれた樽があるはずです。それの中身は、サミー・ジョーンズが精製した銀砂糖ではありません。アン・ハルフォードが精製した銀砂糖です」

「なんだと!?」

声をあげたのは、マーカスだった。それと同時に、きっとサミーをふり返る。

「まさか、なにかの言いがかりだろう!?」

マーカスの声に、サミーは蒼白《そうはく》になった。マーカスはずんずんサミーに近寄り、彼の腕を摑みヒューの前に引き出した。

「ペイジ工房派の言いがかりだと、弁明しろサミー」

サミーはあえぐように息をしながら、国王やマーカス、ヒュー、アンたちを見回した。

ブリジットが、淡々と告げた。

「悪いわね。サミー・ジョーンズ。わたし、見てたの。言うつもりなかったけど、事情が変わったから」

そうしている間に衛士《えいし》の手によって、サミーの樽が運び出された。その蓋《ふた》を開いたヒューは、クリフォードを手招きした。

「クリフォード。銀砂糖の味を確認してくれ。君はハルフォードの砂糖菓子を食べたのだから、同じ味かどうか、すぐにわかるだろう」

「承知しました」

クリフォードはすぐさま、樽の中の銀砂糖を掌にすくい取った。みるみる溶ける、銀砂糖。それが消えると、クリフォードの顔に驚きがあらわれた。

「この銀砂糖は。ハルフォードの砂糖菓子と同じ味がします。間違《まちが》いなく、同じ銀砂糖だ」

「まさか……」

　マーカスは絶望したように呟くと、サミーをふり返った。サミーはその場に膝をついた。

「すみません。すみません。俺は、ただ、ラドクリフ工房派の名誉《めいよ》を守りたくて！」

「愚《おろ》か者が！」

　マーカスはかっとしたように、サミーの頰《ほお》に拳《こぶし》をたたきこんだ。

「しかもなぜハルフォードの銀砂糖なんぞ持って、ここに参加した。なんと、恥知《はじし》らずな」

「許してください」

「なぜだ！」

「この銀砂糖が……俺が作ったものだったら……よかったのにって思ったから」

　サミーの中にもある、職人の性《さが》かも知れなかった。手をかけ慎重《しんちょう》に精製された上質の銀砂糖を、自分のものにしたくなったのだろう。

　この銀砂糖がアンの精製したものであるという証明は、普通《ふつう》は不可能だ。サミーが精製したと言い張れば、それを確認するすべはない。彼は安心していたかもしれない。

　しかし、よもやアンが自らの作品を壊《こわ》し、銀砂糖の味を確認するとは。

　サミーならずとも、誰《だれ》もが思いもよらなかった。

「これは、アン・ハルフォードの精製した銀砂糖だ。ということは、サミー・ジョーンズ。おまえは自分で精製した銀砂糖を持参していない。失格だ」

ヒューの言葉に、マーカスはうなだれた。

「この男は、わたしが責任を持ってここから連れ出しましょう。罰《ばっ》もそれなりにくだします。幸い、まだ砂糖菓子品評会の開催《かいさい》は宣言されていない。それで、かまわんだろうか。派閥の長《おさ》として責任をもって処分する」

「いいだろう。よろしいですね、陛下」

ヒューが確認すると、国王は頷《うなず》いた。

「派閥の長にゆだねろ。その男を連れ出し、ハルフォードは位置につき、ダウニングは開催を宣言するが良かろう」

ヒューとダウニング伯爵は、同時にはっと礼をとった。

国王と王妃《おうひ》は、着席した。

「て、ことだ。アン。位置に戻れ」

ヒューがアンに向かって、軽く片目をつぶった。

「でも、ヒュー。わたしの砂糖菓子はもう……」

「それでも、参加はできるさ。たとえ王家勲章《くんしょう》はもらえなくても。おまえちゃんとした砂糖菓子職人だろう？　だから参加できる」

「あ、うん。はい！」

アンは元気に返事して、ブリジットに向きなおった。

「ありがとう、ブリジットさん」

「お礼なんて言わないで。ちゃんとお礼はもらってあるから」

「え？」

ブリジットはそのまま、広場の端へ向かって歩き出した。彼女の向かう先には、シャルがいた。

ブリジットの言葉の意味を問うようにシャルを見やると、彼は心配するなというように頷いた。

——シャルが、銀砂糖を見つけてくれたんだ。

感謝の気持ちが、胸にあふれる。彼に向かって頷き返し、自分の位置に戻った。

アンが位置に戻ると、ミスリルがえぐえぐと泣きながら、アンの肩《かた》に登ってきた。

「アン。砂糖菓子、欠けちゃったじゃんか。これで王家勲章は無理だ」

「いいの」

アンはキースにも、頷いてみせた。

「わたしは嘘《うそ》つきじゃないし、ちゃんとした職人だって、認めてもらえた」

サミーが連れ出され混乱が収束すると、ダウニング伯爵は自分の天幕に戻り、ざっと服装の乱れを整えた。そして威厳《いげん》を持って片手をあげ、声を張った。

「ここに砂糖菓子品評会を開催する。国で最もすぐれた砂糖菓子職人には、銀砂糖師の名誉を与《あた》えることを約束する」

品評会を取り仕切る役人が、職人たちに指示を出す。

「皆《みな》のもの。国王陛下に、砂糖菓子をご覧いただくのだ」

アン以外の参加者が、自分の砂糖菓子にかけられた被《おお》いを取り去った。

観衆がどよめき、囁きが聞こえる。

国王と王妃は、ざっと並べられた作品を見ていた。

彼らの視線が、ぴたりと止まる。

その視線が止まったのは、キースの作品だった。さらに国王は身を乗り出す。

「なんと……。強く優雅《ゆうが》な、妖精《ようせい》だ。完璧《かんぺき》だ。非の打ち所がないというのは、こういうものだろうな。妖精を形にした砂糖菓子《がし》で、これ以上のものは見たことがない」

そして今度は、ちらりとアンの砂糖菓子を見る。

「ハルフォードの砂糖菓子にも、心惹《こころひ》かれる。妖精の羽で作られる蔓薔薇《つるばら》とは、幻《まぼろし》を見ているようで、なんとも言えぬ柔《やわ》らかな気持ちになる。……優劣《ゆうれつ》はつけがたいな」

そこで国王は一呼吸置き、座り直した。

「もしあれが欠けていなかったならば、余は判断に困ったことだろうな。優劣つけがたいものならば、当然、欠けていないもののほうを選ぶべきであろうな」

キースの顔は、国王の賞賛の声にわずかにほころんでいたが、続いたアンの砂糖菓子への評価を聞くと、申し訳なさそうに顔を伏《ふ》せた。

承知していたことだったので、アンは納得《なっとく》していた。国王の言葉だけで、充分《じゅうぶん》だった。

──国王陛下は、すばらしいと仰《おっしゃ》ってくれてる。この場に残れただけで、いい。キースの砂糖菓子は、完璧にシャルを再現している。誰もが、美しいと認める。

あんな完璧なものに、アンの作品がかなうはずはない。欠けてしまった砂糖菓子で、競《きそ》おうと思うほうが無理なのだ。

ただ自分を対等の砂糖菓子職人と認めてくれたキースの作品と、同じ土俵で勝負できなかったこと。それだけが悔《くや》しかった。

「ダウニング。あの職人の名は？」

国王に問われたダウニング伯爵《はくしゃく》が、静かに告げる。

「キース・パウエルにございます。前銀砂糖子爵《ししゃく》の息子《むすこ》です」

「なるほど。血筋か。確かにパウエルは、端正《たんせい》な砂糖菓子が得意だった。では、選ぼう。余はあの妖精の砂糖菓子を……」

と国王は言いかけて、言葉を止めた。

隣《となり》に座る王妃が、無言でついと、閉じた扇《おうぎ》の先をある場所に向けていたのに気がついたのだ。

その扇の先が示すものを見て、国王の表情がはっとなる。

「あれは……妖精」

「ええ。妖精ですわ。あの砂糖菓子のモデルですわね」

王妃の扇の先には、広場の端《はし》からこちらを見守るシャルの姿があった。

秋の弱い光の中でも、しなやかな強さを感じる立ち姿は人の目をひきつける。

端正な顔も冷たい輝《かがや》きの黒い瞳《ひとみ》も、彼の中にある意志の力で、よりくっきりと見えるようだった。彼を見慣れているアンですら、黒曜石から研《と》ぎだされた、鋭《するど》く艶《つや》やかな輝きに、思わず視線が吸い寄せられる。

「あの砂糖菓子は、美しい妖精をそのまま完璧に再現した。まさに完璧な再現。間違いなく美しいですわ。けれどご覧ください、あの妖精のなんと美しいことか。陛下はあの妖精と、あの妖精を再現した砂糖菓子、どちらが美しいとお思いですか?」

王妃の言葉に、キースは突然《とつぜん》、何かを悟《さと》ったかのように愕然《がくぜん》とした顔をした。そして、呟《つぶや》いた。

「そうか……! だから、僕は……」

「馬鹿《ばか》なことを訊《き》く。作り物が、本物の美しさに及《およ》ぶわけがない。いくら本物を完璧に再現しても、それは砂糖菓子……」

そこまで答えて、国王は自分でも驚《おどろ》いたような顔をした。そして改めてキースの砂糖菓子とアンの砂糖菓子を、見比べる。

国王の言葉に、アンはフィラックス公のために作った、クリスティーナの砂糖菓子のことを思い出していた。確かにあの砂糖菓子は、彼女そのものだとアルバーンは言った。

しかし命を宿していない砂糖菓子が、命の輝きを持つ本物より美しいわけはない。

だからアルバーンは、あれほど切ない目をしていた。

「現実にいる妖精を完璧に形にした砂糖菓子。幻をつかまえた砂糖菓子。どちらも優劣つけがたく美しいのは事実。ではどちらが、魅力的《みりょく》か。そこに優劣はつきませんの？　陛下」

冷静な王妃の言葉を聞くと、国王は呟いた。

「魅力、か。そうであるならば、優劣はつく」

国王の、長い沈黙《ちんもく》の時間が続いた。

「……しかし。残念だ」

ようやく発した国王の声に、王妃がふっと笑った。

「なにが残念だと仰いますの？　陛下」

「ハルフォードの砂糖菓子は、欠けてしまった。いくらあの作品が美しく魅力的でも」

すると突然、王妃がくすくすと笑いだした。

「欠けてしまったから、なんだというのですか。あれが美しいことに変わりはありません。いいえ、私には、折り取られたあの傷さえ、あの作品の強い魅力です」

「なに？」

「ここは完璧さを求める場ではございません。ここは最も美しい砂糖菓子を選ぶ場。そして銀砂糖師としての資質を問う場。自らの作品を壊《こわ》したあの職人は、職人としていかがですか？

陛下は心のままに惹《ひ》かれるほうを選び、それを求められてはいかがですか？」

その言葉に、国王は我慢《がまん》できなくなったように大声で笑った。

「完璧さは要求してないだと⁉　それは詭弁《きべん》というのだ、王妃よ！　しかしもっともな詭弁だ。確かに、問題ない。余は、余の求めるままに決断するとしよう」

国王は立ちあがった。

「キース・パウエル」

静かに、国王は呼んだ。キースは緊張《きんちょう》した面持ちで、答えた。

「はい」

「そなたの砂糖菓子は完璧だ。モデルとなったあの妖精がこの場にいなければ、そなたの砂糖菓子はもっと魅力的だったかも知れぬ。そなたが、最上だったかも知れぬ」

その言葉に、キースは何かを悟ったように苦い笑《え》みを浮《う》かべ頭《こうべ》を垂れた。

「承知しております。陛下」

それを聞くと国王はゆっくりと頷《うなず》き、そしてわずかに視線をずらしてアンを見た。

「余は宣言する」

厳《おごそ》かに、国王は告げた。

「余はアン・ハルフォードの持参した砂糖菓子に、王家勲章《くんしょう》を授与《じゅよ》するものとする。この作品を作った者が、今年の銀砂糖師である」

ことの成り行きに、アンはぽかんとしていた。

——え？

観衆がどよめいた。

アンも含《ふく》めた誰《だれ》もが、耳を疑った。

ヒューですら、啞然《あぜん》としていた。彼の唇《くちびる》が「まさか」と動く。

「アン・ハルフォード。前へ」

ダウニング伯爵が指示した。しかしアンはぼうっとして、動けなかった。

「アン！　アン！　こら、アン！」

ミスリルが、アンの髪《かみ》を引っぱった。

キースが近づいてきて、そっとアンの背を押した。

「アン。前へ。王家勲章を拝領できるよ」

ミスリルはキースの肩《かた》に飛び移った。

「アン、行けってば！」

ミスリルの声とキースの優《やさ》しい手に背を押され、ふらふらと前に進み出る。ヒューが天幕から出て、彼女の手を引いた。そして国王の前に導くと、そっと肩に手を置いた。

「跪《ひざまず》け、アン。おまえに与《あた》えられるものの前に、頭を垂れろ」

跪き頭を垂れると、やっと、現実感が生まれた。するとわけもなく体が震《ふる》えた。

「王家勲章を授《さず》ける。そなたは今年の銀砂糖師だ。手を出しなさい」

静かな国王の声に促《うなが》され、頭を垂れたままアンは両手を差しだした。

その掌に、ひやりとする重みが置かれた。

「顔をあげよ」

命じられるまま顔をあげると、国王と王妃《おうひ》の顔が見あげられた。

「生涯《しょうがい》、聖なるものにかしずき、聖なるものの作り手として生きよ」

掌には、珍《めずら》しい純白の石を彫《ほ》りこんだ、つやつやと磨《みが》かれた六角形の勲章が置かれていた。

複雑に蔓薔薇《つるばら》の文様が刻み込まれている。

——見たことがある、これ。

母親のエマはときおり、真夜中に、一人でこれと同じものを眺《なが》めていた。

それはいつも、つらい目にあったときだった。

明日歩き出す力があるだろうかと、アンがぐすぐずと泣いていても、エマは真夜中にそっとこれを眺め、そして翌日にはびっくりするほど元気な笑顔を見せてくれた。

エマはあの白い六角形のものが、なんなのかを教えてくれたことはなかった。

それは彼女の勲章だったのだ。今あの白い勲章は、エマとともに眠《ねむ》っている。

——ママ。

いつか、アンが自分の力で銀砂糖師になったとき。そのときにようやく、白い勲章の意味を悟ることを期待していたのかもしれない。

——これは、わたしの勲章。

アンは再び頭を垂れ、しっかりとした声で答えた。

「生きていきます。聖なるものの作り手として、生涯」

「信じよう」

国王はアンの言葉を受け取ると、きびすを返した。王妃もそれに従い、天幕を出る。

国王一家が退出しても、広場のざわめきはやまなかった。

「さあ。行っていいぞ」

ヒューに言われ、アンはゆっくりと立ちあがった。その頭を、ヒューはぽんと叩《たた》いた。

「ま、俺の目に狂《くる》いはないってことだな。そら、キース・パウエルやおまえさんのチビが、手ぐすね引いて待ってる。行ってやれ」

「ありがとう。ヒュー」

「俺は今回はなにもしてないさ。あ、おっと。やばいな。あっちから来るのは、キャットか。引っ掻《か》かれる前に、俺は退散する」

ヒューは身をひるがえした。

アンは軽く駆《か》けるようにして、キースとミスリルのもとに走った。

「ミスリル・リッド・ポッド！　キース！」

勢い余ったアンをキースが抱《だ》きとめた。苦笑いする。

「僕は、馬鹿だな。君の心配なんか、してる場合じゃなかったね」

「え？」

「僕の作品は完璧《かんぺき》だった。多分、君のものよりね。けど、不安だった。自分でもなぜか分からなかったけど、不安で。その理由が今わかった。僕の砂糖菓子《がし》は、美しい妖精《ようせい》をそのまま形にしたものだ。それだけで美しい。けれどまずかったのは、この場に本物のシャルがいたことだ。砂糖菓子が、本物の美しさに及ぶわけがない。いくら本物を再現しようとしても、所詮《しょせん》砂糖菓子だ。アンの砂糖菓子は、幻《まぼろし》だよ。それをつかまえて、形にした。比べるものが存在しない。だからよけいに、人を惹きつけるんだ」

そこでキースは、アンの手にある王家勲章を見おろした。

「来年は絶対、僕がそれをもらう。そしたらまた、君と勝負したい。今日のことで僕は、一つ学んだから。次に君と勝負することがあれば、勝てる気がするよ。僕は職人として劣《おと》っていたから、君に負けたわけじゃない」

「うん。じゃ、また、勝負しよう。わたしも負けないと思うけど」

アンはにっこりした。するとキースは、声を出して笑った。それからふっといつもの柔《やわ》らかな微笑《ほほえ》みを浮かべ、右手を差しだした。

「ありがとう。楽しみにしてる」

「わたしも」

差し出された手を、アンは強く握《にぎ》りかえした。

笑いながら挑《いど》み合うその眼差《まなざ》しの強さと手のぬくもりが、なんとも言えず、心地よく気持ちを高揚《こうよう》させた。キースとならば、また競《きそ》い合ってみたい。そしてこの次も、この人には負けたくないと思った。それは敵意ではない。敬意だった。

「さあ、アン。君はすぐシャルに礼を言うべきだね。ブリジットを説得したのは彼だよ。その勲章を真っ先に見せなくちゃね」

キースが手を離《はな》して、アンの肩を叩く。

「うん。シャルに、お礼を言わなきゃ。シャルは、どこ？」

周囲を見回し、黒い瞳《ひとみ》を探す。

すると広場の端《はし》に、ブリジットとともに佇《たたず》むシャルを見つけた。

「シャル！」

彼に向かって駆けだすと、シャルは遠くから軽く手をあげ、そこで止まれというふうに合図した。不思議に思いながらも立ち止まると、シャルはブリジットに何事かを告げ、こちらに歩いてきた。

「シャル。見て、王家勲章。シャルのおかげ。ありがとう。ほら、とても綺麗《きれい》」

両掌に乗せた白い勲章を、シャルに向かって差しだして見せた。

彼は微笑んだ。心を持っていかれそうな、優しく切なげな微笑みだった。

「おまえは銀砂糖師だ。未来を手に入れた。もう……心配はない」

それだけ言うとシャルは、きびすを返そうとした。

アンは驚《おどろ》いて王家勲章を片手で胸元《むなもと》に握りなおすと、空いた手でシャルの手を掴《つか》んだ。

「ちょっと、シャル。どこいくの？」

「もうおまえたちと、一緒《いっしょ》にはいられない」

頬《ほお》をひっぱたかれたように、一瞬《いっしゅん》頭が真っ白になった。彼の手を、離してしまう。

「……え……」

「時間がない。ブリジットは、すぐに帰れと命じた。もう行く」

「なんで、一緒にいられないって……。なんで？　一緒にいるの、いやになった？　わたしが、馬鹿《ばか》で迷惑《めいわく》ばっかりかけてるから」

「ちがう」

「ごめん。わたしこれから、おかしなことしないし。がんばるから。だから」

「ちがう。アン」

苦しげに言った次の瞬間《しゅんかん》、シャルはこらえきれなくなったようにアンを抱きしめた。そしてアンの目尻《めじり》に強く口づけた。

「離したくはなかった」

絞《しぼ》り出すように囁《ささや》いて、シャルはアンを突《つ》き放して背を向けた。何かを断《た》ち切るように、ふり返らず、ブリジットに向かって歩き出す。

アンは体の力が抜《ぬ》けて、その場にへたりこんだ。

弱い秋風が吹《ふ》き抜ける。広場のざわめきが遠い。キースやミスリル、キャットが、ゆっくりとこちらに向かってくるのが見える。けれど何も考えられず、立ちあがれない。

胸の前で両手でしっかりと王家勲章《くんしょう》をにぎりしめながら、動けなかった。

その目の前に、手が差し出された。

「いけないなあ、女の子がこんなとこに座りこんだら。ドレス汚《よご》れちゃうよ？」

エリオット・コリンズだった。愛嬌《あいきょう》のある垂れ目で、見おろしてくる。

「知らないというのは、哀《あわ》れだねぇ。俺は女の子の味方だからね、教えてあげよう」

「コリンズ、さん？」

「あの妖精は、君の銀砂糖のありかを聞き出すために、ブリジットに羽を渡《わた》したんだよ」

──羽を……？　銀砂糖のために……？

衝撃《しょうげき》でうまく頭が働かないアンに、さらに追い打ちをかけるように彼は続けた。

「君のために、彼は自由を売った」

そこでエリオットは、すこし意地悪そうな笑《え》みを浮《う》かべた。

「さあ。君、どうするかなあ？　アン」

あとがき

こんにちは。みなさま、いかがおすごしでしょうか。三川《みかわ》みりです。

シュガーアップル・フェアリーテイル、三巻目です。三巻目にして、なぜかフォーマットを間違《まちが》えて原稿《げんこう》を書きあげるという失態をおかしました。が、無事にこうやってみなさまに、お目にかかることができて、嬉《うれ》しいです。一安心です。よかったです。

前回の終わりから九ヶ月後のお話になります。

一、二巻は基本がぶらり三人旅でした。しかし今回は舞台《ぶたい》が舞台なので、登場人物が増えました。そのぶん、楽しくなっていたらいいな～と思います。

さて、今回も。かなりご迷惑《めいわく》をおかけしている担当様には、頭があがりません。精一杯《せいいっぱい》努力していきますので、これからもよろしくお願いします。また、いつもいつも素敵《すてき》なイラストを描いてくださるあき様にも、心から感謝しています。

そして読者のみなさま。ほんとうに、ほんとうに、ありがとうございます。寒い季節がやってきますが、みなさま、日々楽しく元気におすごしください！

三川　みり

「シュガーアップル・フェアリーテイル　銀砂糖師と白の貴公子」の感想をお寄せください。
おたよりのあて先
〒102-8078　東京都千代田区富士見2-13-3
角川書店ビーンズ文庫編集部気付
「三川みり」先生・「あき」先生
また、編集部へのご意見ご希望は、同じ住所で「ビーンズ文庫編集部」
までお寄せください。

シュガーアップル・フェアリーテイル　銀砂糖師《ぎんざとうし》と白《しろ》の貴公子《きこうし》

三川《みかわ》みり

角川ビーンズ文庫　BB73-3　16584

平成22年12月1日　初版発行

発行者――井上伸一郎
発行所――株式会社角川書店
東京都千代田区富士見2-13-3
電話/編集(03)3238-8506
〒102-8078
発売元――株式会社角川グループパブリッシング
東京都千代田区富士見2-13-3
電話/営業(03)3238-8521
〒102-8177
http://www.kadokawa.co.jp
印刷所――暁印刷　製本所――BBC
装幀者――micro fish

ISBN978-4-04-455023-3　C0193　定価はカバーに明記してあります。